马可瓦尔多

Italo Calvino
Marcovaldo

[意大利]
伊塔洛·卡尔维诺 著
马小漠 译

译林出版社

图书在版编目（CIP）数据

马可瓦尔多 /（意）卡尔维诺著；马小漠译．—南京：译林出版社，2020.1（2025.8重印）
（卡尔维诺作品）
ISBN 978-7-5447-7947-0

Ⅰ.①马… Ⅱ.①卡… ②马… Ⅲ.①短篇小说－小说集－意大利－现代 Ⅳ.①I546.45

中国版本图书馆 CIP 数据核字（2019）第 176524 号

马可瓦尔多 ［意大利］伊塔洛·卡尔维诺 / 著 马小漠 / 译

责任编辑 李浩瑜 宗育忍
装帧设计 韦 枫
校 对 戴小娥
责任印制 颜 亮

原文出版 Oscar Mondadori, 2015
出版发行 译林出版社
地 址 南京市湖南路 1 号 A 楼
邮 箱 yilin@yilin.com
网 址 www.yilin.com
市场热线 025-86633278
排 版 南京展望文化发展有限公司
印 刷 南京爱德印刷有限公司
开 本 850 毫米 × 1168 毫米 1/32
印 张 5.25
插 页 4
版 次 2020 年 1 月第 1 版
印 次 2025 年 8 月第 15 次印刷
书 号 ISBN 978-7-5447-7947-0
定 价 42.00 元

目　录

春天

1 城里的蘑菇

从远方吹进城的风，给城市带来了不同寻常的礼物，只有少数一些敏感的人才会察觉得到，就像得了枯草热[①]的人，闻到其他土地上的花粉就会直打喷嚏。

一天，不知道从哪里飘来一阵裹着孢子的风，吹到城里路边的花坛里，于是几簇蘑菇就在这里发了芽。没有人发现这事，除了小工马可瓦尔多，他每天早上正是在那里乘电车。

这个马可瓦尔多，有着一双不是很适合城市生活的眼睛：标志牌、红绿灯、橱窗、霓虹灯、宣传画，那些被设计出来就是为了吸引人注意力的东西，都从来留不住马可瓦尔多的目光，他看这些东西就好似一眼扫过沙漠里的沙子。然而，树枝上一片发黄的树叶，缠

① 也称花粉热。

在瓦片上的一根羽毛，却从来也逃不过他的眼睛：没有一只马背上的牛虻，没有一个桌上的蛀虫洞，没有一块人行道上被碾扁的无花果皮，是不会被他注意到的，不会被他作为思考对象的，通过它们，可以发现季节的变化，心里的欲望，自身存在的渺小。

于是一天早上，当他等着电车把自己带到那个他做体力活的Sbav公司去时，在站牌附近，他找着了什么不同一般的东西，就在沿着林荫道的那片没有生育能力、生着硬皮的土地里：在某些地方，比如树桩上面，好像都隆起了一堆堆肿块，这边一点儿、那边一点儿地露出了那圆圆的地下部分。

他蹲下身来系鞋带，又仔细看了个清楚：是蘑菇，真正的蘑菇，它们正从城市的中心冒出头来！马可瓦尔多觉得，那个一直包围着他的吝啬的灰色世界陡然变得慷慨起来，充满了秘密的财富，除了以小时计算的合同薪水，除了工资补贴，除了家庭津贴外，还可以从生活中指望点别的什么东西了。

这一天他工作时，比平时更心不在焉了：他想，就当自己在那里卸包裹和箱子时，在泥土的黑暗中，那些只有他认识的蘑菇，正在安静而缓慢地酝酿着自己多孔的果肉，吸着地下的汁液，撑破土块的硬皮。“只要一夜的雨水，”他自言自语道，“就可以收获了。”他迫不及待地要把这个发现告诉妻子与孩子们。

“这就是我要跟你们说的！”在寒酸的午饭饭桌上，他这样宣布，“一个星期内，我们就可以吃上蘑菇啦！一盘炸蘑菇！我跟你们保证！”

那些最小的孩子还不知道蘑菇是什么。于是，他满怀激情地给他们解释了品种众多的蘑菇有多么美妙，解释了它们味道的鲜美，甚至还解释了应该怎样来烧蘑菇。就这样，他把妻子也拉进讨论中来，这之前，她一直都有点儿漫不经心，一副怀疑的模样。

“那这些蘑菇在哪里？”孩子们问，“告诉我们它们长在哪里！”

听到这个问题，马可瓦尔多的热情一下子被一种多疑的考虑抑制住了：“如果现在我跟他们说在什么地方，他们肯定会和平常一起玩的那些小调皮一块去找蘑菇，这样一来，消息就会传遍整个小区，蘑菇就会落到别人家的长柄平底锅里了！”那个曾迅速用大爱来充盈他心灵的发现，现在却使他狂热地想占有起蘑菇来，他被嫉妒和猜疑包得严严实实的。

“长蘑菇的地方我知道，也只有我知道，”他跟孩子们说，“如果你们泄露一个词出去，可就倒霉了。”

第二天早上，他走近电车站时，是满心的焦虑。他蹲在花坛边，看到蘑菇长大了一点，但不是很多，几乎还完全藏在泥土底下，心里颇为宽慰。

他这么蹲着，甚至都没发现背后有人。他突然站起身，尽力摆出漠不关心的模样。有个清洁工，撑着扫帚，正看着他。

蘑菇正是长在这个清洁工的管辖区里，他是个戴眼镜的年轻人，瘦高个，叫阿玛蒂吉。马可瓦尔多看不惯他已经有一段时日了，也许是因为那副眼镜总是盯着沥青路，搜寻着每一个大自然的痕迹，好用扫帚把它们抹除掉。

这是个星期六；马可瓦尔多把半天的休息时间都耗在了花坛附近。他踱来踱去，一副心不在焉的模样，远远地监视着清洁工和蘑菇，同时盘算着还需要多长时间蘑菇才能长好。

晚上下雨了：就像经历了数月干旱的农民，他们单听见几滴雨声，就会从睡梦中醒过来，会高兴得手舞足蹈，可在整座城里，就只有马可瓦尔多一个人是这样，他倏地从床上坐了起来，呼唤着家人。“是雨，是雨”，他努力呼吸着从外头飘进来的湿尘味和新鲜霉味。

拂晓时——是个星期日——他和孩子们一起，拎着个借来的小篮子，赶紧跑到花坛边。蘑菇出来了，直直地挺在菌柄上，菌盖高耸在泥土外，还浸着雨水。“太好啦！”他们扑过去采起了蘑菇。

“爸爸！你看那边那个先生捡了多少蘑菇啊！”米凯利诺[1]说。父亲抬起头，看见阿玛蒂吉正站在他们旁边，胳膊上也挽了个小篮子，篮子里装满了蘑菇。

---

① “米凯利诺”是“米凯莱”的昵称。

“啊，您也来采蘑菇？”清洁工说，“那就说明这蘑菇没问题，可以吃了？我摘了一些，但不是很有把握……路的那头，还有一些更大的蘑菇……好了，现在我知道可以吃了，我得去通知我的亲戚，他们还在那里讨论是该采摘呢，还是该丢掉别管……”说完就大步走开了。

马可瓦尔多一句话也说不出来：还有更大的蘑菇，而他竟然不知道。一场从未希冀过的收获，就这样从他鼻子底下溜走了。他非常地气愤，恼火，僵在那里好一会儿，然后——就像经常会发生的那样——那种个人情感的崩溃转眼就变成了一种慷慨的冲动：“嘿，大家伙儿！今天晚上你们想来一盘炸蘑菇吗？”他冲着簇拥在电车站里的人群吼道，“在这条路上长出了好些蘑菇！你们跟我来！每人都有份！”于是他就跟在阿玛蒂吉后面，而他身后尾随着一大群人。

所有的人都找着了蘑菇，因为没有篮子，他们就把伞打开来装蘑菇。有人说：“如果大家中午能一起吃个饭，该多好啊！”然而每个人都是捡了自己的蘑菇，就奔回各自的家了。

但他们很快就又见面了，甚至就是当天晚上，就在医院的同一间病房里，食物中毒后，他们都给洗了胃，被救了过来：中毒都不重，因为每个人吃掉的蘑菇量都相当有限。

马可瓦尔多和阿玛蒂吉的病床挨得很近，他们怒目相视。

夏天

2 长椅上的假期

每天早上去上班时，马可瓦尔多都会经过一片绿荫，那是一个树木林立的广场，一块被夹在四条路中央的方形公园。他抬起眼睛望着七叶树，那里枝叶茂密，只有几道黄色的阳光能射进树叶透明的阴影中，他听着树枝间那看不见的麻雀走调的吵闹声。他觉得那是夜莺，于是自言自语道：“哦，我真想有那么一次，能在鸟儿们婉转的鸣叫声中醒来，而不是在闹钟的铃声中，不是在刚出生的保利诺[①]的尖叫声中，不是在我老婆多米蒂拉的痛斥中醒来！”或是想：“哦，我要是能睡在这里就好了，一个人，在这一片凉爽的绿荫下，而不是在我那个低矮潮湿的房间里；在这里，在这片寂静中，而不是在整家人的鼾声和呓语中，不是在电车在路上跑的声音

① “保利诺”是“保罗”的昵称。

中；在这里，在这夜晚自然的黑暗中，而不是在那紧闭的百叶窗制造出来的黑暗中，那种会被车灯反射光打出一道道条纹的黑暗，我要是能在睁开眼睛的时候就看见树叶和天空，那该有多好啊！”小工马可瓦尔多每天就是带着这些心思，开始他每天八小时的工作——还不算加班。

在那个广场上的一角，在一个七叶树的圆顶下，有一条被半遮住了的长椅，地点十分僻静。马可瓦尔多早就把它选作自己的长椅了。夏日炎炎的那些夜晚，当马可瓦尔多在挤着五个人的房间里无法入睡时，就开始梦想着那条长椅，就好像一个无家可归的人梦想着皇宫里的床一般。一天夜里，当妻子打着呼，孩子们在睡梦中乱踢着脚时，马可瓦尔多从床上爬起来，穿上衣服，夹着枕头，出门朝广场走去。

那里清爽而宁静。他已经提前感受到和木板接触时的快意了，那木头——这个他敢肯定——柔软而舒适，怎么说都比他床上的那张烂床垫要好；他还能看上一分钟的星星，然后再合上眼睛，这一场睡眠会补救他在一天中所经历的所有冒犯。

清爽和宁静是有的，但那椅子却被占了。那儿坐着一对恋人，两人互相望着。马可瓦尔多谨慎地退出了。“迟了，”他想，“他们不至于在这外面过夜吧！总会停下那喁喁私语的！”

但那两个人根本就不是在喁喁私语：是在吵架。恋人之间的争吵从来就说不准什么时候才能结束。

他说:“可你为什么不承认,你说那话的时候,是知道我会生气的,而不是想让我高兴的,但还装着是想让我高兴的?”

马可瓦尔多明白这事儿会闹得很久。

“不,我可不承认。”她回答。马可瓦尔多就知道她会这么说。

“你为什么不承认?”

“我永远都不会承认的。”

“哎呀。”马可瓦尔多想。他把枕头紧紧夹在胳肢窝下,去附近转上一转。他去看了月亮,那天是满月,在树木和屋顶之上显得硕大无比。他又回到长椅附近,远远地踱着,生怕打搅到他们,但其实是想烦一烦他们,借此劝他们离开。但他们争执得太过激烈,以至于都没注意到他。

“那你是承认了?”

“不,不,我才不承认呢!”

“那我们假设你承认了呢?”

“就算我承认了,我也不会承认你想叫我承认的事儿!”

马可瓦尔多回去看月亮了,然后又去看了看再往那边去一些的红绿灯。红绿灯显示着黄色、黄色、黄色,持续地亮起,再亮起。马可瓦尔多就比较了一下月亮和红绿灯。月亮虽说也是黄色的,可神秘而苍白,底子里却偏绿,而且还泛着蓝,而红绿灯呢,它那点黄色，颇为庸俗。月亮十分沉静，虽然偶尔会被文以薄薄的残云，但却形容庄严，毫不在意，不紧不慢地放着自己的光辉；红绿灯总在那里亮了又暗，亮了又暗，急促不安，虚假而疲劳地活跃着，被奴役了一般。

马可瓦尔多又回去看那姑娘承认了没有：什么呀，她还没承认，相反，不是由她来不承认了，而是由他。情势完全转变了，现在是她在跟他说："那么，你承认不？"而他就说"不"。就这样，又过了半个小时。最后他承认了，或者是她，总之，马可瓦尔多看见他们站起来，手牵着手走开了。

他赶紧跑向长椅，躺下来，可同时，在等待的过程中，他原先期望会在这里找到的那一份甜蜜，现在却再没心情去体会了，就连家里的床他也不记得有这么硬。但这些都是细节问题，他要在露天下享受那个夜晚的主旨还是相当明确的：他把脸埋到枕头里准备入睡，好像早已不习惯这么睡了。

现在他已经找到了一个最舒适的姿势了。他无论如何都不会再移动一毫米了。只可惜他这么躺着，自己的目光并不能落在一片只有树木和天空的景致上，如果是那样的话，他就会在一片自然而绝对宁静的景象中合眼睡去。陆续远远呈现在他面前的，要么是一棵树，要么是将军纪念像上高举着的一把剑，要么是另一棵树，或是广告牌，接着是第三棵树，然后，再远一点的地方，就是红绿灯那个断断续续亮着的假月亮，仍大睁着它的黄色、黄色、黄色。

要说明的是，最近这一段时间，马可瓦尔多的神经系统是如此地脆弱，以至于就算他已是累死过去了，哪怕是一件极小的事情，只要是他认定有什么事儿让自己不舒服了，他就再也睡不着了。现在那个亮了灭、灭了亮的红绿灯让他非常不舒服。红绿灯在那边远远的，像一只眨着的黄眼睛，孤零零的：这本没什么好奇怪的。但马可瓦尔多肯定是神经衰弱了：他盯着那灯的亮起和熄灭，反复对自己说："要是没有那玩意，我该睡得有多好啊！"他闭上眼睛，觉得那个愚蠢的黄色仍在自己的眼皮下亮起与熄灭；他挤了挤眼睛，看到十来个红绿灯；再睁开眼睛，还是老样子。

他站起来。他得在自己和那盏红绿灯间放上一面幕布。他一直走到那个将军的纪念像那里，望了望四周。在那座纪念像底部，有一个桂冠花环，漂亮而厚实，但早已干枯了，花瓣也掉了一半，架在小棍上，上面一条褪了色的宽带子上写着：第十五团执矛骑兵贺胜利周年纪念日。马可瓦尔多爬上底座，提起花环，把花环插在将军的军刀上。

夜间巡警托尔纳昆奇其时正骑车穿过广场；马可瓦尔多就躲到雕像后面。托尔纳昆奇看到地上雕像的影子在动，于是就停了下来，满腹怀疑。他仔细查看了一下军刀上的花环，明白有什么东西不对劲，但也搞不清究竟是怎么回事儿。他把手电筒的光对准那上面，读道：第十五团执矛骑兵贺胜利周年纪念日，他点了点头，表示批准，然后就走了。

为了让托尔纳昆奇走远点儿，马可瓦尔多在广场上又转了一遭。在附近的一条路上，有一队工人正在电车的轨道上修理道岔。夜里，在空无一人的街道上，那一小群男人蜷缩在气焊机的闪光旁，那声音刚一响起就即刻减弱下去，一切都有种神秘的气息，像是在筹备一些白天的居民永远不应该知道的事情。马可瓦尔多靠过去，专注地看着火苗，看着工人的举动，他有一点局促不安，而他的眼睛也因为困倦而变得越来越小。为了让自己清醒些，他在口袋里找起烟来，却没有火柴。“谁能帮我点个火？”他问那些工人。“用这个？”拿着氢氧焰的男人说，射出一团飞溅的火花。

另一个工人站起来，递给他一支点燃的烟。“您也上夜班？”

“不，我上白班。”马可瓦尔多说。

“那您这个时候还醒着做什么？我们一会儿就要下班了。”

他回到长椅边，躺下。现在红绿灯从他的视线中消失了；终于可以睡觉了。

之前，他并没有注意到什么噪声。现在，那阵嗡嗡声，就如同被抽进的什么阴郁气息，同时还好像一种无休止的刮擦声，也好像是什么噼噼啪啪的声音，在持续地充斥着他的耳朵。再没有什么比那焊铁的声音更摧残人了，那是一种低声的尖叫。马可瓦尔多一动不动地蜷缩在椅子上，就算脸抵着枕头的褶皱，还是无法摆脱那折磨，噪声不断让他想起被灰色火焰点亮的场景，火焰向周围喷洒着金色的火星，蹲在地上的男人脸上戴着被熏黑的玻璃面罩，他们手里快速震动而抖个不停的焊枪，工具车周围，还有一直顶到电线上的高空支架周围是阴影般的光晕。他睁开眼睛，在椅子上翻了个身，看着树枝间的星星。无动于衷的麻雀仍在那上面的树叶间睡觉。

像鸟那样睡觉，有可以撑着头的翅膀，一个陆地世界之上的悬着枝叶的世界，在那上面，可以大概猜度一下底下的世界，遥远而且像是被削弱了一般。只要能开始不接受自己的现状，谁知道能到达什么境界：现在，马可瓦尔多为了能睡觉，需要一种他也不是很能搞得清楚的什么东西，就连一种真正的安静也不能满足他了，他需要一种比安静更柔软的声响背景，一阵掠过灌木深处的微风，或是在一片草地上涌出并流走的汩汩流水声。

他脑子里有了主意，站了起来。其实也不是什么主意，因为沉沉的睡意已经把他弄得十分迟钝了，任何想法都不是很清晰的；但是他记得在那附近，好像有什么东西是和水、和低声哀怨流动的概念有关的。

那附近确实是有一口喷泉，一个从雕塑艺术和水利工程观点上来看都很杰出的作品，喷泉里有仙女、半人半羊形的农牧神、河神、喷口、瀑布等各种装饰。只不过那里面没有水：在夏日的夜晚，由于城市的供水系统连最少的供应量都达不到，他们就把这喷泉关上了。马可瓦尔多就像夜游者一般，在那周围转了一会儿，出于本能直觉而非理性思考，他知道一个水槽肯定是有个水龙头的。这就好像那些有眼力的人，闭着眼睛也能找到要找的东西。他打开水龙头：从海螺里，从胡须里，从马鼻子里喷出了高高的水柱，人造的沟壑被闪烁的水帘掩住，所有的那些水，所有的窸窣声和倾泻声汇集在一起，那么哗哗响着，就像空旷大广场上的管风琴齐鸣一般。在各家门下塞小纸条的托尔纳昆奇，黑着身子，骑着自行车经过广场，看到自己眼前像放了液体烟火一样突然喷出这么多水，差点没从鞍座上掉下来。

马可瓦尔多试着尽可能小地睁着眼睛，为了不让那一丝自己好像已经抓住的睡意溜走，他赶紧跑回去，直扑向椅子。好了，现在他仿佛身处一条激流的边缘，头上是森林，好了，他睡着了。

他梦见了一顿午餐，盘子是被盖住的，好像是为了避免面凉。他把盖子掀开，里面有只死老鼠，发着臭。他看了下妻子的盘子：另一具老鼠的尸体。在孩子们面前，是其他一些小老鼠，更小一些，但也是烂掉一半的。他又揭开了一个汤碗，看见里面漂着一只肚皮朝上的猫，恶臭把他弄醒了。

不远处有辆城市清洁卡车，它夜里会去掀垃圾箱的盖子。在车灯的半明半暗中，他认出了一蹦一跳又叽里呱啦作响的起重机，认出了在似山般垃圾堆顶部那直挺挺的人影，他们正用手引导着悬在滑车上的容器，他们把容器里的东西倒在卡车里，用铁锹拍了几下，用类似于起重机那种阴沉而断裂的拖拽声，喊道："抬高……松开……滚开……"还有一阵如无光泽铜锣的金属碰撞声，然后是缓慢重新启动发动机的声音，这声音又在前面不远处停了下来，并再次操作起来。

但是马可瓦尔多的睡眠已经处在一片各种噪声再也无法到达的区域，那些噪声尽管是如此令人厌恶而刺耳，传来时却像是被一种柔软的、削弱了的晕圈包裹住一般，也许是因为卡车里满箱垃圾的质地：但是恶臭使他一直保持清醒，一种"对这恶臭忍无可忍"的想法更是激化了这恶臭，那些噪声，那被弱化了的遥远噪声，逆光中有着起重机的卡车形象，不管是在听觉上还是在视觉上，都无法到达他的意识，唯独除了那恶臭。马可瓦尔多焦躁起来，徒劳地用鼻孔想象着玫瑰园里的花香。

当夜警托尔纳昆奇隐约看到一个人影匍匐着快速爬向花坛，狠狠地扯下一些毛茛属植物后就消失了的时候，他感到自己的额头都被汗沁湿了。但他想，如果这是一条狗，那是逮狗队的事；如果是一种幻觉，那得看精神病医生；如果是一个变狼狂患者，那他都不大知道应该找谁，但最好别是他，于是他就闪开了。

就在这时，马可瓦尔多回到他的床铺旁，对着鼻子压上一束乱七八糟的毛茛属植物，企图用它们的香味来填满自己的嗅觉：但他只能从那些几乎是无味的花朵中挤出很少的一点味道来；可是露水，土壤，被捣碎的青草香味就已然算是一种上好的香油了。于是他赶走了垃圾的纠缠，睡着了。

他再次醒来时，洒满阳光的天空在他的头顶上豁然大开，太阳好像把树叶都抹干净了，慢慢地，他半瞎的视线中又出现了树叶。可马可瓦尔多却也不能多耽搁，因为一阵哆嗦把他吓得跳了起来：政府的园丁们正在用消防栓里的水浇灌着花坛，使他的衣服上淌满了清冷的溪流。电车、市场上的卡车、手推车、小货车在四周噔噔作响，工人们骑着电动自行车跑向工厂，店里的金属门直冲向高处，各家窗户上的百叶窗也卷了起来，玻璃上光芒四射。马可瓦尔多还没有完全醒过来，嘴巴上、眼睛里都黏兮兮的。他脊背僵硬、侧髋瘀青地跑去工作了。

秋天

3 市政府的鸽子

鸟儿们迁徙时遵循的路线，不管是往南还是往北，不管是秋天还是春天，都很少穿过城市。大群的鸟沿着森林的边界，飞过画着道道条纹的圆丘田地，高高地切过天空，有时好像是顺着河流、山谷沟壑的曲线飞，有时好像是跟着轻风那看不见的线路飞。但是，当它们一看到城市铁链一般的屋顶出现在面前时，就会远远地飞开。

但是，有一次，一群常在秋季迁徙的丘鹬却出现在一条街上方的那片天空中。只有马可瓦尔多发现了它们，他走路的时候总是鼻子朝天。他那时正骑着一辆三轮运货车，突然看到了鸟，蹬车蹬得更猛了，就好像要去追赶它们一样，他被一种自己就是猎人的幻想攫住，尽管除了士兵的枪，他还从来没有挎过别的任何枪。

他走路的时候眼睛一直盯着飞翔的鸟，就这样骑到了一个十字路口的中央，信号灯正红着，周围全是车，他差一点被撞到。就在一个脸色绛紫的警察在小本子上记下他的名字和地址时，马可瓦尔多还在用目光追寻着天空中的那些翅膀，但是它们早就无影无踪了。

在公司里，一张罚款单给马可瓦尔多带来了尖锐的指责。

“你连红绿灯都不会看？”仓库主任维利杰莫先生对他大吼道，“你到底在看什么，你长了空壳脑袋啊？”

“一大群丘鹬，我在看……”他说。

“什么？”维利杰莫先生问。主任是一个老猎手，听了这话两眼放光。马可瓦尔多就说了一下经过。

“星期六我要带上狗和步枪！”主任说，他愉快极了，早就忘了发脾气，“猎人们已经开始往丘陵上挺进了。鸟儿肯定是被那上面的猎人吓怕了，就拐到城市上空来了……”

于是那一整天，马可瓦尔多的脑子就像一口磨似的磨来磨去。“这个星期六，丘陵上很可能会聚满了猎人，不知道会有多少丘鹬掉在城里呢；如果我能想到办法的话，星期天就能吃上烤丘鹬了。”

马可瓦尔多住的公寓里，屋顶上有个阳台，上面挂着很多根用来晾衣服的铁丝。马可瓦尔多带着一桶粘鸟胶、一把刷子，还有一包玉米粒，同自己的三个孩子爬了上去。就在孩子们四处撒玉米粒的时候，马可瓦尔多在栏杆上、铁丝上、烟囱顶部的边缘刷满了粘鸟胶。他涂得太多，以至于菲利佩托，玩着玩着差点把自己也粘在上面。

那天晚上马可瓦尔多梦见屋顶上布满了被粘鸟胶粘住的、一跳一跳的丘鹬。他更为贪吃和懒惰的妻子多米蒂拉，梦见已经烤熟的鸭子摆在烟囱的顶部。他浪漫的女儿小伊索拉，梦见了可以装饰帽子的蜂鸟。米凯利诺梦见在上面找到了一只鹳鸟。

第二天，每过一小时，孩子中的一个就跑到屋顶上去检查：其实就是在天窗上稍稍地露出点头，因为这样一来，如果其时有鸟正好要栖落，就不会受惊了，然后孩子再回到下面去汇报消息。消息从来就没好过。直到接近中午的时候，保利诺回来时大叫道："有了！爸爸！你快来！"

马可瓦尔多背上一只袋子爬到上面去。被粘鸟胶粘住的是一只可怜的鸽子，一只城里那种灰色的鸽子，它们早已习惯了人群，习惯了广场上的聒噪。其他鸽子在周围飞来飞去，忧伤地注视着它，而它，正在试图把翅膀从那团自己轻率落脚的糊状物上摆脱出来。

当马可瓦尔多一家人正在给那只瘦弱多筋、被烤熟的鸽子剔骨头时,他们听见了敲门声。

那是房东家的仆人:“太太找您！请您赶紧来!”

他非常担心,因为他已经拖了六个月的房租了,很怕她要逐他们出去,马可瓦尔多去了太太家,是在楼里的第二、第三层。他刚进大厅,就看见那里已经有一个访客了:那个脸色绛紫的警察。

“您过来,马可瓦尔多,”太太说,“有人告知我,在我们的阳台上,有人在猎市政府的鸽子。您什么都不知道吧?”

马可瓦尔多感到自己都要冻僵了。

“太太！太太!”就在那时,一个女人的声音大叫着。

“怎么了,古恩达琳娜?”

洗衣女工进来了。“我去阳台上晾衣物,所有的衣物都给粘在上面了。为了取下来我就拽了一下,结果给撕破了！所有的衣物都扯坏了！究竟是怎么回事呀?”

马可瓦尔多一手揉着胃,就好像不能消化一般。

冬天

4 消失在雪里的城市

那天早上，把他弄醒的是寂静。马可瓦尔多从床上起来的时候就感到空气中有什么奇怪的东西。他不知道那时是几点，从百叶窗叶片间透进来的光线与白天黑夜中任何时刻的光线都不同。他打开窗子：城市不见了，取而代之的是一张雪白的纸。在那白茫茫的世界中，如果眯起眼睛仔细去看的话，也还能辨别出来几道几乎被抹掉的线条，是与平日习以为常的情景相符的：那附近的窗户、屋顶、路灯，都消失在夜间降下的白雪下。

“下雪啦！”马可瓦尔多对妻子喊着，也就是说他是想喊的，但声音一从他嘴里出来就减弱了。好像那雪不仅落在了线条、颜色和景色上，还落在了声音上，更准确地说，是落在了发音的可能性上；就好像声音挤在一个塞满了东西的空间里，振动不得。

马可瓦尔多步行去上班；因为大雪电车停运了。一路上，马可瓦尔多自己给自己开着路，感到从来没有如此地自由过。在城里的街道上，人行道和车行道之间的每一处差别都消失了，车辆不能通行了，而马可瓦尔多虽然每走一步半条腿都会陷在雪里，甚至都能感到雪渗到袜子里去，但他现在成了马路的主人，可以步行在马路中央，可以肆意践踏花园，可以踩在斑马线外过马路，可以走出“之”字形的路线。

不管是小街还是大道，好像都成了群山围出的洁白峡谷，伸向无垠而荒芜的远方。谁知道藏在那面雪白披风下的城市还是不是原来的那座，或是被替换成了另一座？谁知道藏在那些白色小丘壑下的还是不是加油站、报亭、电车站，或只是成堆成堆的雪？马可瓦尔多一边走着，一边幻想着自己迷失在别的城市中：然而他的脚步却把他带到了每天都去上班的地方，那个惯常的仓库，一跨过门槛，小工马可瓦尔多就惊讶地发现自己又回到了一成不变的那几面墙之间，就好像把外面世界都抹除掉的变化独独忘了他的公司。

在仓库里等着他的，是一把比他还高的铲子。仓库主任维利杰莫先生，一边把铲子递给他，一边说道：“公司外面人行道上的雪应该由我们来铲，也就是说应该由你来铲。”马可瓦尔多扛上铲子就又出门了。

铲雪非同儿戏，尤其是当一个人饿着肚子的时候，但马可瓦尔多觉得这雪就像是自己的朋友，也好像一种什么成分，能消除掉把自己的生活囚禁于其中的牢笼。这活儿他干得很是努力，眼见着大铲大铲的雪被他从人行道上抛到了马路中央。

同样对这雪充满了感激之情的，还有失业人员斯基斯蒙德，因为这天早上临时被政府招去铲雪，眼前这几天的工作终于可以得到保证了。但是与马可瓦尔多那种含糊的幻想有所不同的是，他的这种情感是精确到多少立方米的雪要从多少平方米的路面上清除开来的；总之他就是想要扫雪队队长看到自己有多卖力；然后借机弄个一官半职什么的（这才是他藏而不露的野心）。

可是斯基斯蒙德转身看到了什么？他刚刚铲好的那一段车行道又给乱七八糟的一铲铲雪给盖住了，旁边人行道上有个家伙正在气喘吁吁地铲着雪。他气得差点儿要中风。他跑到那个家伙跟前，用自己沾满雪的铲子指到那个人的胸前。“嘿，说你呢！是你把雪铲到我这条道上的吗？”

“嗯？怎么啦？”马可瓦尔多吓了一跳，但也没否认，“啊，好像是的。”

“这样吧，要么你赶快给我用铲子把你铲过来的雪弄走，要么我能让你把这雪吃得连一片雪花也不剩。”

“可我得铲人行道上的雪啊。”

“我反正要铲路上的雪。怎么说吧？”

“那我人行道上的雪搁哪儿？”

“你是政府招来铲雪的吗？”

“不是。我是Sbav公司的。”

斯基斯蒙德于是就教马可瓦尔多如何把雪堆在人行道的边上，马可瓦尔多帮斯基斯蒙德把他那一段路也铲干净了。完了他们俩把铲子插在雪里，心满意足地欣赏着干完的活儿。

“有烟吗？”斯基斯蒙德问。

就在他们忙着点各自那半根烟的时候，一辆铲雪车从这条路上开过，两排白色的巨浪被掀了起来，又落在两旁。事实是，那天早上的任何声响都化成了一种窸窸窣窣的声音：于是当他们俩抬起眼睛的时候，发现刚铲干净的那一段又铺满了雪。“怎么回事儿啊？又下雪啦？”他们仰头望向天空。而那辆转着大刷子的铲雪车已经拐过弯去了。

马可瓦尔多学会了怎么在把雪堆在一起的时候把雪拍实了。如果他继续这么堆下去，简直可以为自己造出路来了，他的这些路可以把他带到只有他知道的地方去，而其他所有的人都会在他造出来的路上迷路。重建这座城市，堆出跟房子一般高的小山丘，这样一来别人都分不清哪些是堆出的山丘、哪些是真正的房子了。或者，也许所有的房子从里到外都已经变成雪做的了；整座城市，连同城里的雕像、钟楼，还有树木，也都变成雪做的了，一座用一铲铲的雪就可以毁掉，当然也可以用其他方式重建出来的城市。

人行道旁边某一处有一大堆雪。当马可瓦尔多快要把自己那一堆雪堆到边上那堆雪的高度时，他才意识到那堆雪其实是一辆汽车：董事会主席、授勋骑士阿博伊诺的豪华轿车，全被雪覆盖住了。既然一辆车和一堆雪之间的差别这么小，马可瓦尔多干脆用铲子塑起一辆车子形状的雪堆来。堆出来的效果还不错：在这两堆雪之间，还真辨别不出哪一个是真车了。为了给自己的作品再最后润色一下，马可瓦尔多还用上了一些他铲雪铲到的废弃物：一个生锈的罐子，可以弄成车灯的模样；而水龙头呢，正好可以当车门的把手。

当授勋骑士阿博伊诺主席从大门里出来的时候，门卫、门房、勤杂工什么的都纷纷脱帽致敬。近视眼的主席坚定而充满活力地快速朝自己的车子走去，他一把握住突在外面的水龙头，猛地往外一拉，脑袋一矮，一头钻进了雪堆里，雪一直没到了颈子。

而马可瓦尔多那时早已转过了拐角，去铲院子里的雪了。

院子里的孩子搭了一个雪人。“还差一个鼻子！”他们中的一个喊着。“我们放什么好呢？一根胡萝卜！”接着他们就各自跑回家，在厨房的蔬菜堆里找胡萝卜去了。

马可瓦尔多注视着那个雪人。“就是说嘛，根本看不出这底下都只是雪呢，还是什么东西叫雪盖住了。除非一种情况例外：

这里面是人，因为我就是我，不是这里的这个雪人，这个是可以知道的。”

马可瓦尔多只顾着沉思，没注意到房顶上有两个男人正冲着他嚷嚷：“嘿，先生[①]，麻烦您让开点儿！”是那些把屋瓦上的雪往下弄的人。就这样，突然间一大团三公担[②]重的雪正好落在他身上。

孩子们带着他们的战利品胡萝卜回到院子里来。“哦！有人又堆了个雪人！”在院子中央，有两个一模一样的雪人，紧紧地挨在那儿。

“我们给它们俩都安上鼻子！”接着就把两根胡萝卜分别插在了两个雪人的脑袋上。

马可瓦尔多被埋在那个雪做的包裹物里，被冻得半死不活的，突然感到有食物送进来了，就顺便嚼了嚼。

“我的妈呀！胡萝卜没了！”孩子们都给吓坏了。

最勇敢的那个孩子没泄气。他还有一个备用的鼻子：一个菜椒；他把菜椒贴在雪人的头上。雪人把菜椒也给吞下去了。

于是他们又试着在它鼻子的部位安上一块煤炭，一小条一小条的那种。马可瓦尔多花了全身的气力一口把炭吐了出来。“救

---

① 原文中“先生”一词为皮埃蒙特大区方言。

② 一公担等于一百公斤。

命啊！是活的！是活的！”孩子们逃开了。

在院子的一个角落有一面格栅，云一般的一团热气正从里面冒出来。马可瓦尔多迈着雪人般沉重的脚步走了过去，在那里待着。慢慢地，他身上的雪化了开来，雪水在衣服上淌成一道道小溪：浑身已经冻肿了的马可瓦尔多又现身了，他的鼻子因感冒而堵住了。

为了暖暖身子，他拿起铲子，在院子里干起活来。他鼻尖上有个喷嚏停顿在那里，好像马上就要出来了，却又怎么都不肯出来。马可瓦尔多铲着雪，半眯着眼睛，而那喷嚏呢，就一直那么栖在他的鼻尖上。忽然，只听见轰隆隆地传来：“阿阿阿阿阿……”的一声，紧接着“……嚏！”也出来了，这一声比地雷爆炸还要响。受这个爆炸般喷嚏带来的空气置换作用力的影响，马可瓦尔多被冲到了墙上。

这哪里是空气置换啊：这个喷嚏带来的简直就是一阵龙卷风。院子里所有的雪都给扬了起来，像下暴风雪似的纷飞旋转着，然后都被吸了上去，在天空中化成粉末。

当马可瓦尔多从昏厥中苏醒过来，再次睁开眼睛的时候，院子里全空了，连一片雪花都见不着了。在马可瓦尔多看来，院子又呈现出了原来的模样：灰秃秃的墙，仓库里的箱子，各种东西又像往常那样棱是棱角是角的，充满了敌意。

5 黄蜂疗法

冬天过去了，却留下了风湿痛。正午微弱的太阳让这一天都变得喜悦起来，马可瓦尔多坐在一条长椅上，看了几个小时的树叶吐芽，等着回到公司去。一个小老头来到他身边坐下，那老头驼着背，身上的大衣打满了补丁：他是某个里奇耶里先生，退了休，在世上孤身一人，也是洒满阳光的长椅的常客。这个里奇耶里先生时不时地会抽一下身子，大叫道："啊呀！"然后在他的大衣里驼得更厉害了。他患有风湿病、关节痛、腰痛，这是他在潮湿寒冷的冬季里落下来的病，可这病却会一年四季地伴随着他。为了安慰那老头，马可瓦尔多就给老头解释自己的、他妻子的，还有他的大女儿伊索丽娜[①]患风湿病各个阶段的不同情况，伊索丽娜那个小可

① "伊索丽娜"是"伊索拉"的昵称。

怜，成长得不是很健康。

马可瓦尔多每天把中饭裹在报纸里；他坐在长椅上，将报纸打开，把那份皱巴巴的报纸递给迫不及待伸手而来的里奇耶里先生，说："我们来看看有什么消息。"他永远带着同样的兴趣来读报，即使那是两年以前的。

于是有一天，他在报纸里找到了一篇文章，介绍用蜜蜂毒汁治愈风湿的方法。

"可能是用蜂蜜。"马可瓦尔多说。他总是倾向于乐观主义。

"不，"里奇耶里说，"是用毒汁，这里说了，是用那螯针里的毒汁。"他于是给马可瓦尔多读了几段。他们长时间地讨论了蜜蜂，讨论了它们的功效，还有采用这种治疗要花费多少钱。

自那以后，马可瓦尔多在路上走时，总是侧耳聆听着各种嗡嗡声，用目光追随着飞在他身边的各种昆虫。就这样，他观察到了一只盘旋着的黑黄间隔、腹部饱满的黄蜂，还看见它挤进了一棵树的树洞，其他的黄蜂正从里面爬出来：那里嘁嘁喳喳的声响和黄蜂的来来往往说明树干里有一个完整的黄蜂巢。马可瓦尔多立刻开始了追捕。他随身带着一个玻璃罐子，里面还留有两指厚的果酱。他把打开的罐子放在树旁。很快一只黄蜂就被那甜味吸引，嗡嗡地飞来，钻进去了；马可瓦尔多敏捷地用纸盖捂住了罐子。

他一看见里奇耶里先生，就说："快，快，我这就来给您注射！"

还给他看了看那个小瓶子,里面囚着那只愤怒的黄蜂。

小老头犹豫不决,但马可瓦尔多怎么都不愿推迟试验,并且坚持就在他们常坐的长椅上做: 病人都不需要脱衣服。里奇耶里先生怀着恐惧与希望,撩起了大衣、外套和衬衫的衣角边,在内衣有洞的地方拨开一处,露出他常腰疼的地方。马可瓦尔多把瓶口贴在那里,扯走用来做瓶盖的纸片。开始的时候,什么都没发生; 黄蜂静止不动: 它睡着了吗? 马可瓦尔多为了叫醒它,就敲了敲罐子底部。这一敲真是必要: 昆虫直冲向前,把蜇针戳进了里奇耶里先生的腰部。老头发出一声尖叫,疼得站了起来,就像阅兵时走正步的士兵那样踱了起来,一边揉着被蜇的地方,吐出了一连串含糊不清的骂人话。

马可瓦尔多十分满意,那小老头从没有这么雄赳赳地挺过身子。但一个警察在那附近停了下来,惊讶地瞪大了眼睛看着他们; 马可瓦尔多挽上里奇耶里的胳膊,吹着口哨离开了。

他回家时罐子里又装着另一只黄蜂。说服他妻子也给戳一下并不是件容易的事,但最后他还是说服了她。过了一会儿,多米蒂拉只是抱怨了一下被黄蜂刺过的灼痛。

马可瓦尔多于是开始全速投身于捕捉黄蜂的活动之中。他给他女儿也注射了一次,然后又给妻子来了一针,因为只有按疗程治才能奏效。然后他决定也给自己扎上一针。大家都知道孩子们是怎么样的，他们嚷嚷着“我也要，我也要”，但马可瓦尔多更愿意让他们带上罐子，打发他们去逮新的黄蜂，以供应每天的消耗。

里奇耶里先生来家里找他；和他一起的还有一个小老头，乌尔力克骑士，他拖着一条腿，想立即开始疗程。

消息传开了；马可瓦尔多现在有条不紊地工作：他总有半打黄蜂作为备用，每一只都待在自己的玻璃罐里，被列在搁板上。他把玻璃罐敷在病人的背部，就好像在打针，然后抽掉纸盖，等黄蜂蜇过后，他就像一个颇有经验的医生那样，从容地在刺过的地方擦抹酒精棉。他家只有一个房间，那里睡着整个一家人；他们用一面临时屏风把房间分成两半，这边是候诊室，那边是诊室。马可瓦尔多的妻子把顾客领入候诊室里，并在此收取诊疗费。孩子们带着空罐子，跑到有黄蜂巢的地方去，准备供给。有几次，黄蜂也蜇过他们，但他们几乎都不再哭了，因为他们知道黄蜂有益于健康。

那一年风湿病就像章鱼的触角一样在人们中蔓延开来；马可瓦尔多的疗法远近闻名起来；一个星期六的下午，他可怜的阁楼里挤满了一小群饱受折磨的男人和女人，他们一手按着腰背或捂着胯部，有些人还是衣衫褴褛的乞丐相，其他人则是阔绰人的模样，他们都被那个新颖的疗法吸引而来。

“快”，马可瓦尔多对自己的三个儿子说，“你们拿上罐子，给我去捉尽可能多的黄蜂回来。”孩子们就去了。

那是有太阳的一天，路上嗡嗡嚷着很多黄蜂。孩子们已经习惯在离有黄蜂巢的那棵树远一些的地方捕捉，专找独自活动的黄蜂。但那天，米凯利诺为了尽快地逮到更多的黄蜂，就在那个黄蜂巢的开口旁捉起了黄蜂。“必须这样做”，他对弟兄们说着，一只黄蜂刚停落，他就把它赶到瓶子的上方，企图这样逮住它。但是那只黄蜂每次总是飞走，并在离黄蜂巢越来越近的地方歇脚。现在它就停在树干洞口的边缘了，米凯利诺正要把它从瓶口赶进瓶中时，他听到另外两只巨大的黄蜂冲着他猛扑而来，就好像想蜇他的脑袋。他躲开了，但仍感到了针刺的剧痛，痛得直叫唤，瓶子也丢掉不管了。但是，对自己闯祸的担心很快就抹去了他的疼痛：瓶子掉进黄蜂巢的洞里去了。再也听不见嗡嗡声了，再没一只黄蜂从那里头出来了；于是当从黄蜂巢里喷出一朵厚厚的黑云并伴着震耳欲聋的嗡嗡声时，米凯利诺连喊的气力都没有了，他后退了一步：所有的黄蜂都被激怒了，成群地飞了出来。

弟兄们听到米凯利诺大喊了一声，还跑了起来，他这一辈子从没这么跑过。他就像是一列蒸汽火车，身后的那团黄蜂云就像是烟囱里的浓烟。

一个被追赶的孩子能往哪里逃呢？往家里逃！米凯利诺就是这样的。行人根本就来不及明白那个介于云雾和人形之间的东西究竟是什么，只见它混着嗡嗡的巨响，在街上全速飞奔。

马可瓦尔多正在对他的病人说：“您要有耐心，黄蜂马上就到。”当门打开时，那一大群黄蜂就闯进了房间里。他们甚至都没有看到米凯利诺把脑袋一头埋在水盆里：整个房间里满是黄蜂，还有徒劳挥舞着胳膊企图赶走黄蜂的病人们。可风湿病患者的动作却是奇迹般地敏捷，他们僵硬的四肢在剧烈的动作中变得灵活自如。

消防队员来了，然后是红十字会的人。马可瓦尔多躺在医院里的病床上，他的顾客被蜇得浑身浮肿，难以辨认，在病房里其他病床上对他破口大骂，他却一声都不敢回。

夏天

6　一个有着阳光、沙子和睡意的星期六

“为了您的风湿病，”职工医疗互助会的医生说，“今年夏天您可得好好做做沙浴。”于是一个星期六的下午马可瓦尔多就去考察河边的沙滩了，他想找到一块干燥且能照到太阳的沙地。但只要是有沙子的地方，河里就全是一片生锈铁链吱嘎作响的声音；挖掘机和起重机忙个不停：那些老旧的机器就像恐龙一样，在河里挖来挖去，然后把挖上来的大斗大斗的沙倒在停在柳树林中的建筑公司的卡车里。一连串的挖掘机铲斗垂直着升上去，再被倒扣着降下来，起重机沿着自己长长的颈子，抬起一个鹈鹕嗉囊似的东西，那上面还滴着从河底带出来的乌黑色淤泥。马可瓦尔多俯身去摸沙子，在手心里捏了捏；沙子是潮湿的，就像一团泥，一团淤泥：虽然在太阳能照得到的表面也形成了一层干燥而松散的硬皮，但那层硬皮一厘米以下，就又是湿湿的沙子了。

马可瓦尔多把自己的孩子也给带了过来，本来是指望让他们干点儿活儿，想让他们用沙子把自己埋起来的，可是他们却急不可待地要下水玩耍。“爸爸，爸爸，我们跳水吧！我们在河里游泳吧！”

“你们疯了吗？牌子上写着‘下水极度危险’呢！会淹死人的，就像石头那样沉到河底去！”接着还解释说，挖掘机把河底挖空了，所以现在河底就跟一个个空漏斗似的，在把水流往下吸的时候，会形成各种漩涡和涡流。

“漩涡，让我们看看漩涡！”对孩子们来说，“漩涡”这个词听起来很是欢快。

“漩涡是看不见的：你在游泳的时候，它会抓住你的脚，然后把你往下拽。”

“那个东西呢，为什么不往下沉？那是什么，一条鱼吗？”

“不，那是只死猫，”马可瓦尔多解释道，“它能浮在水上是因为肚子里灌满了水。”

“漩涡会抓住猫的尾巴吗？”米凯利诺问。

长着草的河岸坡子上，有那么一块地既开阔又平整，那里竖着一面大筛子。两个采沙工人正在筛一堆沙子，他们一铲一铲地把沙子铲向筛子，再一铲一铲地把筛出来的沙子铲到一艘低矮的黑色货船里，那是一只类似于驳船的船，被系在柳树上，在河里荡来荡去。那两个大胡子正顶着酷热干活，他们戴着帽子，穿着褴褛不堪甚至有点儿发霉的夹克，光着腿脚，刚及膝盖的裤子也已经破成碎布片了。

正是在那堆被筛选出来的、要晾上好几天的沙子中，马可瓦尔多认出了自己所需要的沙子，那从渣滓里分离出来的沙子颗粒细、色相浅，好像海边的沙子一般。但他发现得太迟了：他们已经在往船上堆沙子了，它就要被带走了……

不，还没有：采沙工人整好了这一船沙后，却抽出了一瓶酒，他们这么你一口我一口地几大口下去后，便在白杨的树荫下躺了下去，等待一天中最热的时段过去。

“只要他们还在那里睡着，我就能躺在他们的沙子里做沙浴！”马可瓦尔多这么想着，赶紧低声支使起孩子来，“快点，快来帮我！”

他跳到装沙的船上，把衬衫、裤子、鞋子全脱了，钻进沙子里。“快把我埋起来！用铲子！”他对孩子们说，“不，头不要埋；我得靠头呼吸啊，头要留在外面！其余的地方全埋起来！”

对孩子们来说，这就好像是用沙子堆出各种东西。“我们用沙滩模具堆？不，我们要堆一个有城堞的城堡！什么呀，搞一个玻璃弹珠跑道才好呢！”

“现在你们都给我走开！”马可瓦尔多在他的沙棺里喘着粗气说，“我是说，你们走之前，先弄个纸帽子，盖在我的额头和眼睛上。

然后你们再跳回岸上去，去远一点儿的地方玩儿，要不采沙工人醒了后就得赶我走了！”

“我们可以在岸上用绳子牵着船，让你在河上漂。”菲利佩托提议道，说着手上的绳索已经解掉一半了。

马可瓦尔多僵在那里，歪着嘴巴、斜着眼睛训斥起他们：“如果你们再不赶紧走开，那就是逼着我从这里面出来了，看我怎么用铲子打你们！”孩子们连忙逃开了。

太阳很晒，沙子很灼人，马可瓦尔多在纸帽子下面大汗淋漓，就在他忍受一动不动地躺在那里给沙子烧的痛苦时，他也感到了一种满足感，那是一种受罪的治疗和讨厌的药物带来的满足感，因为人们常常这样认为：你越觉得难受就说明疗效越好。

绳索顺着缓缓的水流一张一弛地牵着船，马可瓦尔多就这么被摇睡着了。而那个绳索上的结呢，之前就已经被菲利佩托解掉一半了，现在来回摇晃，就完全解开了。于是这艘装满了沙子的船，就自由自在地顺流而下了。

那是午后最热的时候，一切都在沉睡：被沙子埋掉的男人，趸船码头上的架子，空无一人的桥梁，舷墙后时不时冒出来的、百叶窗紧闭着的房子。河的水位很低，但那船被水流推着，总能让开那些时不时冒出来的淤泥浅滩，就算是碰到了河底，船也会被送到水流更深的地方去。

正是在这些轻轻的碰撞中，马可瓦尔多睁开了眼睛。他看到洒满了阳光的天空，天空中飘着那种夏天才会有的低低的云。“这云跑得好快呀，”他这么想着，“连一丝风都没有哎！”然后他看见了电线：电线也像云一样跑得很快。他把眼睛往侧面转了转，可压在身上的沙很沉，不允许他大幅度地转头。右边绿色的河岸很远，正跑着；左边灰色的河岸也很远，也在跑着。他一下子明白过来，自己乘坐的船正在河中央航行着；没人理会他：他一个人，被埋在一艘没有桨也没有舵的、偏了航的船上。他知道自己应该赶紧起来，让船靠岸，并向别人求救；可是同时，那个做沙浴时要求绝对静止的想法占了上风，他觉得自己应该尽可能地保持静止状态，才好不错过宝贵的治疗时间。

就在那时，他看见了一座桥；通过装饰桥上栏杆的雕像和路灯，根据拱孔划过天空的宽度，他认出了这是哪座桥：他没想到自己已经走了那么远。就在船进入桥拱抛出来的那片不透明的阴影地带时，他想起来这河有一段急流。过了桥的一百多米处河床会有一个落差；而这船也会顺着瀑布翻下去，他呢，将会被沙、水、船所吞没，没有任何活着出来的可能。但就算是这样，在那一刻，他最大的顾虑却还停留在即将因此而失去的沙浴疗效上。

他等着船摔下去。这也确实发生了：但只是翻了个底朝天。在这个低水位的季节，在湍流的边缘堆着很多泥滩，有些泥滩上甚至长出了一丛丛稀疏的绿色芦竹和灯心草。平平的船底水下部分就这么搁浅了，整艘船上的沙子和沙子里埋着的男人都给颠了出去。马可瓦尔多就像是被弹射器弹到了空中，就在那时，他看到了底下的河流。准确点儿说：他压根就没看到什么河，只看到了河里满满的都是熙熙攘攘的人。

那是一个星期六的下午，这段河里挤着一大群游泳的人，河里的水很浅，只到肚脐的高度，好几个班的小学生都在水里嬉戏，胖女人和一些先生仰面浮在水面上，姑娘们穿着比基尼，小混混们互相厮打着。河里还有充气垫、球、救生圈、汽车轮胎、划艇、带桨的船、有桅杆的小船、橡皮艇、汽艇、救生艇、划船协会的快艇，拖着三层刺网的渔民，举着钓鱼线的渔民，撑着伞的老太太，戴着草帽的大姑娘，狗，狗，还是狗，从迷你贵宾犬到圣伯纳犬，就这样，整条河里连一厘米深的水都看不到。马可瓦尔多就这么飞着，不确定自己是会摔在充气垫上，还是会落在什么臃肿贵妇人的怀中，但有一件事情是可以肯定的：掉下去的时候他肯定不会沾上一滴水。

秋天

7 饭盒

那个被唤作“饭盒”的、圆圆扁扁容器的乐趣首先在于它是可以拧下来的。单是这个拧盖子的动作就足以让人流口水了，而如果还不知道那里面是什么，那就更妙了，比如，妻子每天早上准备的饭盒。揭开饭盒，就能看见里面被捣碎的食物：小香肠煮小扁豆，或者是熟鸡蛋加甜萝卜，再或者是玉米糊配鳕鱼干，一切都在那片圆周区域中被安排得很好，就好像在地球仪上的大陆和海洋一样，即使东西不多，也有丰盛厚实的效果。盖子一旦被拧开，就成了盘子，于是就有了两个容器，就可以开始分配盒里的东西了。

小工马可瓦尔多，拧开饭盒后，迅速吸了口饭香，伸手去拿他总是随身携带在口袋里被裹起来的餐具，这是从他不回家吃饭，而改为用饭盒吃午饭以后开始养成的习惯。用叉子捣的前几下是用来唤醒那有点僵掉的食物的，让它像刚刚上桌的菜那样富有立体感和吸引力，那里头的食物已经蜷缩成一团好几个小时了。于是他观察起来，东西不多，他就想“最好慢慢吃”，可那前几叉的饭却被极为迅速和贪婪地送到了嘴边。

第一种滋味，是吃冷菜时的悲伤，但是很快他就能愉悦起来，因为会找到熟悉的饭桌上的味道，这味道被复制到一个不同寻常的布景中去。马可瓦尔多这会儿已经徐缓地咀嚼起来了：他坐在一条林荫道的长椅上，一个靠近他单位的地方；因为他家很远，中午时回家是既丢时间，也浪费电车票上的孔，于是他就改用饭盒吃中饭，还特意买了饭盒，在露天吃饭，看着过往的行人，然后在一口喷泉里接水喝。如果是秋天，还有太阳，可以选择阳光所及之处；红色油亮的树叶从树上掉下，给他用来当餐巾纸；香肠皮扔给流浪狗吃，它们很快就跟他交上了朋友；在路上没有人经过的时候，麻雀会拾起面包屑。

他在吃饭的时候，想着：“为什么我老婆做的菜我在这里会喜欢，然而在家里，伴着吵架，哭泣，还有会从每一场谈话中蹦出来的债务问题，我却喜欢不起来？”然后他就想了：“现在我想起来了，这些是昨天晚饭的剩菜。”这就又让他不快起来，也许是因为他不得不吃冷的、有点儿馊的剩菜，也许是因为饭盒的铝皮给食物染上一种金属的味道，但在他脑子里萦绕的想法是：“这就是多米蒂拉的意图，连远离她的中饭也要给我毁掉。”

就在那会儿，他发现自己都快吃完了，很快他又感到，那菜里有什么非常味美和罕见的东西，于是他又满怀着热情和虔诚，吃掉了饭盒底部的最后一点残羹，那些闻起来最有金属味的残羹。然后，他注视着空无一物、满是油腻的饭盒，又开始悲伤起来。

于是他把一切都裹了起来，塞进了口袋，站起来，回到单位还早，在大衣宽敞的口袋中，餐具在空荡荡的饭盒里如打鼓一般咣当作响。马可瓦尔多去了一个酒馆，让人给他倒上一杯满到杯子边缘的酒，或是一杯咖啡，小口小口地饮；然后看看玻璃橱柜里的糕点，看看一盒盒的糖果和果仁糖饼，劝服自己不是真的想要那些东西，劝服自己真的是什么都不想要。他又看了一会儿桌上足球赛，说服自己只是在消磨时间，而不是在抑制食欲。他又回到路上。电车里重新挤满了人，接近回去上班的时间了；他也往回走。

马可瓦尔多的妻子多米蒂拉，出于某种原因，有时候会买上大量的香肠。然后接连三天晚上，马可瓦尔多总会在晚饭中吃到香肠配萝卜。现在，那香肠该是狗肉做的了；单是那味道就足以让他丢了胃口。至于萝卜，那种苍白而乏味的蔬菜，是唯一一种马可瓦尔多从来就不能忍受的素菜。

中午的时候，饭盒里还是冰凉而油腻的香肠配萝卜。他是那般健忘，仍旧充满好奇地馋嘴拧开了盖子，一点儿都不记得他昨天晚饭都吃了什么了，于是每天都是同样的失望。第四天，他把叉子插了进去，又一次闻到那味道，他从长椅上站起来，手里托着敞开的饭盒，心不在焉地在林荫道上走了起来。行人们看见这个男人散着步，一手拿着叉子，另一手托着一盒香肠，就好像是还没决定要不要把这第一叉菜送进嘴里。

这时一个男孩从一扇窗子里说：“嘿，你，男的！”

马可瓦尔多抬起了眼睛。在一幢豪华别墅的夹楼间，一个男孩胳膊肘撑在窗台上，窗台上搁着一盘菜。

“嘿，你，男的！你吃什么？”

“香肠烧萝卜！”

“你真有福！”男孩说。

“唉……”马可瓦尔多含糊地答。

“你想想，我得吃炸脑子……”

马可瓦尔多望着窗台上的盘子。那里有一盘炸脑子，柔软而弯曲的就像是一堆云。他的鼻孔在颤抖。

“为什么？你不喜欢吗，脑子？……”他问男孩。

“不喜欢，他们把我关在这里受罚，因为我不想吃脑子。但我还是要把这菜从窗户里扔掉。”

“那香肠你喜欢吗？……”

“哦，当然，那就像条蛇……我们家从来不吃……”

“那么你把你的盘子给我，我把我的给你。”

“太好了！”男孩高兴坏了。把自己那花饰陶制的盘子和雕满花纹的银叉子递给了男人，而男人则把自己的饭盒递给他，里面有把锡叉子。

这样，他们两人都吃了起来：男孩在窗台上，马可瓦尔多坐在对面那边的长椅上，两人都舔着嘴唇，说是从没有尝过如此美味的食物。

突然，男孩的身后出现了一位双手背在臀部的女管家。

“少主人！我的上帝！您在吃什么？”

“香肠！”男孩说。

“谁给您这香肠的？”

“那边那位先生。”他指了指马可瓦尔多，马可瓦尔多停下了对那一口脑子缓慢而勤奋的咀嚼。

“您快扔掉！我都听到了什么呀！您快扔掉！”

“但很好吃……”

“您的盘子呢？叉子呢？”

“在那位先生那里……”他又指了指马可瓦尔多，马可瓦尔多正把叉子举在空中，叉子上戳着一块被咬过的脑子。

那女人就叫了起来：“抓贼啊！抓贼啊！那餐具！”

马可瓦尔多站了起来，又看了一眼剩下一半的炸脑子，来到窗子旁，把盘子和叉子搁在窗台上，鄙视地盯了女管家一眼，退出身去。他听见饭盒滚到了人行道上，男孩的哭声，窗子被很不客气地关上的拍砸声。他弯下身来捡饭盒和盖子。饭盒和盖子有一点点擦破；盖子也拧不紧了。他把东西都塞进口袋里，去上班了。

冬天

8 高速公路上的森林

寒冷在这世上的游移有着上千种的形态和方式：在海面上，它就像一群马匹在奔跑；在田野里，它就似一群蝗虫猛扑而至；在城市中，它就如一叶刀片，切入街道，钻进没有暖气房间里的裂缝中。那天晚上，在马可瓦尔多的家里，最后的几根干树枝也没了，于是一家人就都裹在大衣里，看着炉子里的火炭渐渐黯淡下去，看着自己每呼吸一次都会从嘴巴里升起的团团雾气。他们什么都不再说了，那团团雾气就在替他们说话：妻子把这气吐得很长很长，就像是在叹息；孩子们把这气吐得相当专注，就像是在吹肥皂泡；马可瓦尔多一惊一乍地把这气往上喘，就像是什么转瞬即逝的灵机一动。

终于，马可瓦尔多下定了决心："我去打柴火；谁知道能不能找得着呢。" 他把四五份报纸塞进外套和衬衫之间，好像什么用来御寒的盔甲，然后将一把长长的锯子藏在大衣下。就这样，他在深夜出了门，身后是家人那盈满希望的绵长目光，他每走一步都会发出报纸沙沙的摩擦声，锯子也不时地从翻领中冒出来。

去城里打柴，说得简单！马可瓦尔多立刻朝两条路中间的一小块公共花园走去。那里一个人也没有。马可瓦尔多打量着一株株光秃秃的植物，想着牙齿冻得打战的家人，正在等自己回家……

小米凯利诺，正哆嗦着牙齿读一本童话故事书，这是他从学校图书馆借来的。书里讲的是一个伐木工人的孩子，带着斧子出门，去森林里打柴。“这才是该去的地方，”米凯利诺说，“去森林里！那里肯定有木柴！”他生在城市，长在城市，这森林他甚至都没有远远地瞧过。

说干就干，他和两个弟兄商量好了：一个操斧头，一个拿钩子，还有一个拎绳子，他们告别了妈妈，去寻找森林。

他们在灯火通明的城里走着，只能看得到房子，至于森林，是影子都没见着。他们碰到很少的几个行人，但都不敢问他们哪里会有森林。就这样，他们来到了不再有城里楼房的地方，那里的路也变成了高速公路。

在高速公路的两边，孩子们看见了森林：一片长着奇形怪状树木的茂密植物，遮住了他们的视野。这些树有着纤细的树干，或挺直，或歪斜；树冠扁平而宽阔，形状和颜色都是最奇怪的，当有车经过时，车灯把它们照得通亮。树枝有牙膏形的，人脸形的，奶酪形的，手掌形的，剃刀形的，酒瓶形的，奶牛形的，轮胎形的，上面布满了字母组成的单词叶片。

“太好啦！”米凯利诺说，“这就是森林！”

他的弟兄们着迷地望着月亮从那些奇怪的阴影中冒出来：“真美呀……”

米凯利诺赶忙提醒他们此行的目的：打柴。于是他们就砍倒了一株黄色报春花形的小树，把它劈成了几截，带回家去。

马可瓦尔多载着他少得可怜的几根湿树枝回了家，发现炉子正旺着。

“你们是从哪里弄到的？”他指着广告牌的残余物惊叹，由于那广告牌是用胶合木板做的，所以很快就烧完了。

“在森林里！”孩子们叫着。

“什么森林？”

“高速公路上的那片森林。那里全是树！”

既然如此简单，而且家里又没柴火烧了，马可瓦尔多干脆效仿起孩子们来。他又带着锯子出门了，来到高速公路上。

路警阿斯多尔夫有一点儿近视，又是晚上，他骑着摩托车执勤，他应该戴眼镜的；但他对谁也没说，怕因此影响自己的前途。

那天晚上，有人告发了这样一件事，高速公路上有群淘气鬼，把广告牌弄倒了。路警阿斯多尔夫便去检查情况。

在公路的两旁，森林般奇形怪状的形象伴随着阿斯多尔夫，既像是在警告，又像是在招手示意，他转着那双近视眼，一个个地仔细检查着这些形象。这不，借着摩托的车灯，他突然发现一个小鬼头正攀在一块广告牌上。阿斯多尔夫刹住车："喂！你在那里干什么？马上给我跳下来！"可那小鬼一动不动，还朝他吐舌头。阿斯多尔夫靠过去，才发现那是一则奶酪广告，上面是一个舔着舌头的小胖子。"是啊，是啊。"阿斯多尔夫说，又赶紧上路。

过了一会儿，在一块巨型广告的阴影中，被照出一张惊慌而忧愁的脸庞。"站住！别想溜！"可并没有人溜，那是一张痛苦的人脸，被画在一只生满鸡眼的脚中间：一则鸡眼药的广告。"哦，抱歉。"阿斯多尔夫说着跑开了。

治偏头痛药的广告，是一个巨大的人头，他因为头痛而捂住了双眼。阿斯多尔夫经过，车灯照亮了爬在广告顶部的马可瓦尔多，他正举着锯子，想锯下一块木板。马可瓦尔多被车灯照得睁不开眼睛，身子越缩越小在那里一动不动，他抓住那个大脑袋上的一只耳朵，锯子已经锯在了额头中央。

阿斯多尔夫仔细地研究了一番，说："啊，是啊，斯塔帕止痛药！这广告很有表现力！这个主意好！上面那个拿着锯子的小人儿象征着偏头痛，痛得把脑袋劈成了两半！我一下就明白了！”然后就心满意足地离开了。

周围寂静而寒冷。马可瓦尔多宽慰地叹了口气，在那个并不舒适的支座上重新调整了一下坐姿，继续干起他的活来。在被月亮照亮的天空中，锯子锯木板那微弱的唧唧呱呱声四下蔓延开来。

春天

9 好空气

“这些孩子，”职工医疗互助会的医生说，“需要呼吸一点好空气，要到有点儿高度的地方去，还需要在草地上跑跑……”

医生坐在这个半地下室的床与床之间，马可瓦尔多一小家子人就住在这里，医生把听诊器按在小特瑞萨的背上，她松脆的肩胛骨就像小鸟羽毛未丰的翅膀一样。那里有两张床，床上有四个孩子，四个都病了，他们在两张床的床头和床尾露出头来，面颊发热，两眼放光。

“广场上花坛里的草地行吗？”米凯利诺问。

“摩天大楼的高度行吗？”菲利佩托问。

“空气好得可以吃吗？”皮埃特鲁乔问。

高瘦的马可瓦尔多和他矮壮的妻子多米蒂拉，他们各用一只胳膊肘，撑在一个摇摇晃晃的屉柜两侧。然后撑着的胳膊肘不动，他们又抬起另一只胳膊，并让那只胳膊落在身侧，同时嘟囔道："他想让我们去哪里，八张嘴，满身的债，他想我们怎么做？"

"我们能把他们弄到最好的地方，"马可瓦尔多指出，"就是街上。"

"这好空气我们是会吸到的，"多米蒂拉总结道，"当我们被赶走的时候，那我们就不得不睡在满天繁星底下了。"

一个星期六的下午，孩子们的病刚好，马可瓦尔多就带他们到丘陵上去散步。他们住在城里一个离丘陵最远的区域。为了爬到山上去，他们乘电车走了很长一段路程，那电车上拥挤不堪，孩子们只能看到他们周围乘客的腿。慢慢地，电车里的人都下去了；在终于空出来的车窗外，出现了一条上坡的林荫道。就这样，他们到了底站，开始步行。

那是初春；一点温热的阳光就已叫枝头开满了花。孩子们到处张望着，有点不知所措。马可瓦尔多领着他们走上一条绿树簇拥的台阶路。

"为什么会有上头没房子的台阶？"米凯利诺问。

"这不是一座房子的台阶，这就好像一条路。"

"一条路……那车子怎么爬台阶呢？"

周围是花园的护墙，护墙里面是些树。

"没有屋顶的墙……是炸弹轰掉的吗？"

“这些是花园……某一种院子……”父亲解释，“房子在里面，在那些树后面。”

米凯利诺摇了摇头，不是很信服的样子：“但院子是在房子里面的，又不是在外面的。”[①]

特瑞斯纳[②]问道：“在这些房子里住着树吗？”

他们爬得很慢，马可瓦尔多感到自己身上那种仓库里的霉味正在褪去。在仓库里，他每天要搬上八小时的包裹，同样在褪去的还有他住处墙上的湿斑，还有那一小扇窗户打出的光锥中落下的金色灰尘，还有深夜里的阵阵咳嗽声。他觉得孩子们现在也没以前那么面色发黄和羸弱虚脱了，几乎已经融入那光与绿色之中了。

“你们喜欢这里吧，对吗？”

“是啊。”

“为什么？”

“因为没有警察。可以随便摘花拔草，扔石子。”

“那呼吸呢，你们呼吸到了吗？”

“没有。”

---

① 意大利的院子多是在建筑里面的。

② “特瑞斯纳”是前面提到的“特瑞萨”的昵称。

“这里空气很好。”

但他们却咕哝着说:“好什么呀。什么味道都没有。”

他们几乎一直上到山顶。在一个转弯口,能看见那底下的整片城市,无边无垠地铺在道路织成的灰网上。孩子们在草地上打着滚,就好像他们这一辈子就再没干过别的事情。袭来一阵风;已是晚上了。城里的几盏灯已经点起来了,朦胧地亮着。马可瓦尔多心里涌起一股感情,他想起年轻那会儿刚来到城里,他曾被那些道路、那些灯光吸引,就好像期待着什么未知的东西一样。燕子们在城市上空俯冲下去。

于是,他因为还得回到那下面而伤心起来,在凝成块的风景中,他辨认出自己那个街区的一片阴影:他觉得那里就像是一片铅灰色的荒原,停滞而污浊,被鳞次栉比的屋顶、被缭绕在树枝和烟囱上的缕缕烟雾覆盖着。

天凉了下来,也许该叫孩子们回去了。但是看着他们静静地挂在一棵树最矮的树枝上前后晃来晃去,他便打消了那个想法。米凯利诺来到他身旁,问:“爸爸,为什么我们不来这里住?”

“哎呀,傻孩子,这里没有房子,这里一个人都没有!”马可瓦尔多生气地说,因为他居然幻想能住到这上面来。

但米凯利诺又问了:“一个人都没有?那些先生呢?你看!”

空气灰了起来,从那底下的草地上来了一群男人,各个年龄的都有，所有人都穿着一件笨重的灰衣服，从系带子的方式来看就像是睡衣，每个人都戴着帽子，拄着拐杖。他们一伙伙地过来，有些人在高声讲话，有些人则在大笑，或把拐杖撑在草里，或把拐杖弯曲的手柄挂在胳膊上，在地上拖着。

“他们是谁啊？他们去哪里啊？”米凯利诺问父亲，但马可瓦尔多一声不吭地望着他们。

一个人走过来；那是四十岁上下的一个大个子男人。“晚上好！”他说，“那么，您给我们带来了城里的什么消息？”

“晚上好，”马可瓦尔多说，“您指的是什么消息？”

“没什么，也就是随便问问。”男人停下来说；他有张宽大的白脸，只是在脸颊最突出的地方，闪着一点儿玫瑰红或是红色，就像一片影子。“对每个从城里上来的人，我都这么问。我在这上面已经待了三个月了，您要明白。”

“那您从不下去吗？”

“谁知道啊，那要看医生什么时候愿意了！”他短促地笑了一声，“全看它们了！”他用手拍拍自己的胸部，还是那样短促地笑着，但有些气喘，“他们已经赶过我们两次了，说是痊愈了，但我一回到工厂，啪嚓，又病了！然后他们又把我送到这上面来了。谁知道，多好啊！”

“他们也是吗？……”马可瓦尔多问，指了指其他那些已经分散开来的人们，同时也用目光搜寻着菲利佩托、特瑞斯纳和皮埃特鲁乔，他们不在视线范围内。

“都是来度假的朋友，”男人说，挤了下眼睛，“这是归营前的自由活动时间……我们上床很早……这可以理解的，我们不能离边界太远……”

“什么边界？”

“这里仍是肺病疗养院的地盘，您不知道吗？”

马可瓦尔多赶紧牵上米凯利诺的手，米凯利诺一直胆怯地听他们说话。夜晚已经爬到了山上；那底下的街区再也分辨不出来了，但倒不像是被这阴影吞噬掉的，而是那街区把自己的阴影扩大到四处。是时候该回去了。“特瑞斯纳！菲利佩托！”马可瓦尔多喊着，找起他们来。“对不起，您知道嘛，”他跟那男人说，“我看不见其他孩子了。”

那男人站到台阶边。“他们在那里，”他说，“在摘樱桃。”

在一个坑里，马可瓦尔多看见了一棵樱桃树，那周围都是穿着灰衣服的人，他们用拐杖的弯柄把树枝钩过来，也摘起了果子。特瑞萨和其他两个孩子跟他们在一起，都很愉快的模样，摘着樱桃，并从那些男人手里把樱桃接过来，和他们一起笑得正欢。

“晚了，”马可瓦尔多说，“挺冷的。我们回家吧……”

大个头男人挥动着拐杖头，指着那底下亮起的排排灯火。

“晚上的时候，”他说，“我就这样用拐杖，在城里散步。我选上一条路，一排街灯，就这么跟着，就这样……我会停在玻璃窗前，会遇见人群，还会跟他们打招呼……您以后在城里走路的时候，可以偶尔这样想想：我的拐杖正跟随着您……”

孩子们回来了，头上戴着树叶编成的花环，牵着病人们的手。

“这里真好啊，爸爸！”特瑞萨说，“我们还会回来玩吧，是吧？”

“爸爸，”米凯利诺脱口而出，“为什么我们不也来和这些先生一起住呢？”

“太晚了！你们跟这些先生们说再见！说：‘谢谢这些樱桃。’走啊！我们走！”

他们走上了回去的路。疲惫不堪。孩子们问的问题他一个也没回答。菲利佩托想让他抱，皮埃特鲁乔坐在肩上，特瑞斯纳拽着他的手，赖着不肯走，老大米凯利诺，一个人走着，踢着路上的石子。

夏天

10 和奶牛们旅行

夏夜城里的声响，从敞开的窗户中飘进因炎热而无法入睡的人的房间，当发动机平庸的嗡鸣声在某一刻突然稀薄并匿去时，夜晚城市真正的声音才可以听得清清楚楚，它会从寂静之中冒出来，谨慎而清晰，根据距离的远近而渐变着，还有夜游人的脚步声，一支夜间警卫队自行车的窸窣声，远处减弱下来的喧闹声，从楼上传来的打呼声，一个病人的呻吟声，一个仍在整点报时的老时钟。直至拂晓时，所有工人家庭的闹钟会开始上演一场交响乐，轨道上也会经过一辆电车。

这样的一天夜晚，马可瓦尔多挤在大汗淋漓的妻子和四个孩子中间，闭着眼睛听，想象着，在这团微弱声响的尘埃中，会有多少声音能从那人行道的路面上，穿过矮矮的窗户，渗入到底下，到他这个半地下室的尽头来。他听见一个赴约迟到女人的鞋跟欢乐而快速地踏着，听见捡烟头的人踩着磨破的鞋底走走停停，听见一个人感到孤独而吹起口哨，还能听见朋友们聊天，只需只言片语就能猜出他们是在谈体育还是在谈钱。但是在那样炎热的夜晚，那些声响都会失去所有的特点，它们就像被挤在空旷小路上的闷热熔化掉了，被削弱了，可它们好像同时也想要主宰并征服那一片无人居住的疆域。每一次有人出现的时候，马可瓦尔多都会伤心地认他们作兄弟，他们跟自己一样，就连在假期中，也会被债务、被家庭负担、被微薄的工资钉在那个灰尘缭绕而灼热不堪的水泥炉灶上。

就好像那个“不可能有假期”的想法，反倒即刻为他打开了梦想之门，他感觉自己听到了远处牲口的颈铃声、狗吠声，还有牛哞哞叫的声音。但他的眼睛是睁着的，不是在做梦：他竖起耳朵，试着去寻找支持那些模糊感觉的证据，或是否定；而后，还真传来一阵声响，就好像是成千上万的脚步声，缓慢、凌乱、低沉，正在徐徐靠近，盖去了其他声音，当然，那个生了锈的铃响声除外。

马可瓦尔多爬起来，穿上衬衫、裤子。“你去哪儿？”妻子说，她睡觉时很警觉[1]。

“有一群牲口正从路上经过。我去看看。”

---

① “睡觉警觉”用意大利语来表达是：睡觉时睁一只眼闭一只眼。

“我也去！我也去！”总是会挑时候醒来的孩子们嚷嚷着说。

那是一群像其他那些会在初夏夜间穿过城市，走向高山牧区的牲口。他们来到街上，因为没睡醒，眼睛还只是半睁着的，孩子们看见这灰色而有花斑的脊背，似河流一般涌入了人行道，蹭着贴满广告的围墙，擦着放下来的金属门帘，贴着“禁止通行”的告示牌，贴着加油泵缓缓走过。奶牛们迈着蹄子，踏着谨慎的步伐，从台阶上下到十字路口上，它们那从不会因为好奇而惊跳的嘴脸贴在它们前面奶牛的腰上，随身携带着草味和田野的花香、奶味，还有颈铃无精打采的声响，这城市好像压根就触碰不到它们，它们是如此地专注，就好像已经进入了自己的世界，那里草地湿润，山雾弥漫，可以在激流中涉水。

然而，放牛人却显得烦躁不堪，就像因为进城而紧张不已。他们在牛群旁边忙来忙去，小步而无意义地跑着，挥着棍子，吼出一些送气、中断的叫声。而对人类的任何行为都不会感到奇怪的狗，正炫耀着自己的从容，它们的嘴巴直直地伸在前面，用力摇晃着颈铃，认真地执行着任务，但能看得出来，其实它们也是不安而拘束的，否则它们就会心不在焉，还会去嗅街角、车灯与路上的污迹，城里任何一条狗的第一反应都应该是这样的。

“爸爸，”孩子们说，“奶牛就跟电车一样吗？也会停站吗？奶牛们的终点站在哪里？”

“它们和电车没关系，”马可瓦尔多解释道，“它们去山里。”

“它们去滑雪吗？”皮埃特鲁乔问。

“它们去牧场，去吃草。”

“它们破坏草坪不会被罚款吗？”

没问问题的米凯利诺，在他们中间最大，对奶牛早已有了概念，现在只需要注意去验证这些概念，去观察那温厚的牛角、牛背与深浅不一的颈部垂皮。于是他跟着牛群，就像牧羊人的狗一般，跟在它们身边小跑着。

最后一群牛走了之后，马可瓦尔多牵上孩子们的手准备回家睡觉，却找不到米凯利诺了。他回到房间里，问妻子：“米凯利诺已经回来了？”

“米凯利诺？他不是和你在一起吗？”

“他跟上了牛群，谁知道走到哪去了。”他想，又赶紧跑回路上。牛群已经穿过了广场，马可瓦尔多得在牛群经过的路上找他。但马可瓦尔多感觉那天夜里，同时有好几群牛都在穿过城市，每一群走的路线都不一样，每一群都往自己的山谷里走。马可瓦尔多找到并追上了一群牛，才发现这不是刚才的牛群；他看见四条路以外的一个路口，另一群牲口正在齐头前行，他就又奔向那里；在那里，放牛人告诉他，他们之前碰到另一支队伍，往相反的方向去了。于是，直到牲口颈铃的最后一阵声响隐没在拂晓的光线中时，马可瓦尔多还在徒劳地四处乱转。

接手马可瓦尔多儿子失踪案的警官说："混进了牛群里？那肯定是去山里了，去度假了，他真有福。你等着瞧吧，他回家的时候一定是又壮又黑的。"

几天以后，与马可瓦尔多同公司的一个职员证实了警官的说法，他刚从第一轮休假[①]回来。在一个山口处，他碰见了那个小伙子：小伙子和牛群在一起，并请那位职员跟他父亲问好，他状态很不错。

马可瓦尔多在那个多尘酷热的小城里，用思绪跟着自己幸运的儿子，儿子现下肯定在一棵冷杉的荫翳下消磨时光，嘴里含着一片草叶，吹着口哨，望着底下草地上缓缓移动的奶牛，在山谷的阴影中听着溪水汩汩流动。

妈妈却等不及要他回来。"他会乘火车回来吗？还是公共汽车？已经一个星期了……已经一个月了……天气要不好了……"她怎么都平静不下来，尽管每天餐桌上都可以少一个人，可这也难以安抚她。

"他好得很，正凉快着呢，肚子里满是黄油和奶酪。"马可瓦尔多说。每当他站在路的尽头，而那被腾腾热气遮住的、如浮雕般的

① 意大利暑期全国放假，分好几个阶段，轮班放假。

白灰色群山在他面前若隐若现时，他就感到自己好像沉进了一口井里，井口上方的光线让他觉得是看到了槭树和栗树枝叶间的闪烁，让他听到了野蜜蜂的嗡嗡飞舞，而米凯利诺就在那上面，在牛奶、蜜汁，还有成排的黑莓中间，慵懒而幸福。

马可瓦尔多也在夜夜期盼着儿子的归来，但不会像儿子的母亲那样，去操心什么火车、汽车的时刻表：夜里他聆听着路上的脚步声，好像房间里的小窗户是荡漾着回声的海螺开口，把耳朵贴在上面就听得到大山里传来的声响。

这天夜里，马可瓦尔多突然从床上坐起来，这不是幻觉，他听见路上那无法混淆的踏步声正在靠近，那种伴随着颈铃声的分趾蹄的脚步声。

他们跑到路上，他和一整家人。牛群回来了，缓慢而庄重。在牛群的中央，骑在一头牛的脊背上，双手紧握在项圈上，牛每走一步他的头就跟着抖一下的正是米凯利诺，都快睡着了。

他们把他接下来，又是抱，又是亲的。而他却糊里糊涂的。

“你怎么样？漂亮吗？”

“哦……漂亮……”

“你有没有想过要回家？”

“想过……”

“山里漂亮吗？”

他站在那里，面对着他们，皱着眉头，目光硬朗。

“我就像骡子一样地工作。”他说，往前吐了一口痰。他已经是一副男人的脸膛。“每天晚上都要把奶桶搬给挤奶人，从这头牲口走到那头，从那头再走到另一头，然后要把奶倒进大桶里，动作还要快，越来越快，一直到晚上。一大早，就要把大桶滚到卡车边，因为他们要把这些大桶运进城……还要数数，总是要数：数牲口，数大桶，数错可就糟了……”

“可你在草地上待过吗？当牛去吃草的时候？……”

“根本就没时间。总有什么活要干。挤奶，备草，收粪。这都是为什么？就因为我没有劳动合同，他们付了我多少钱？真是少得可怜。但如果现在你们以为我会把钱给你们，你们就错了。行，就这样，我们去睡觉吧，我都累死了。”

他耸了耸肩，吸了一下鼻子，走进了家门。

牛群带着干草那迷惑人而无精打采的味道，摇着颈铃的叮咚声，在路上渐行渐远。

秋天

11 毒兔子

当出院那天到来时，这个人从一大早起床开始就会知道，如果他已经能下地走路了，就会在病房里转悠，重新找回外面世界的步伐。他会低声吹着口哨，祝其他病人们早日恢复健康，这倒不是要叫人羡慕，而是因为能使用一种鼓励人的语调很叫他享受。他从玻璃窗里看着外面的太阳，如果下雾的话，那就看着外面的雾，他听见城里的声响：一切都与以往不同了，以前，每天早上他在那病床的护栏间醒来的时候，都能听见那声响穿进来，那光亮和声响来自一个不可抵达的世界。现在外面又是他的世界了：病愈的人自然能习惯性地把它识别出来；突然某一刻，他又闻到了医院的气味。

一天早上，大病初愈的马可瓦尔多，等医生在他的职工医疗本上写离院事项的时候，就是这么嗅着四周的。医生拿出本子，对他说："你在这里等着。"然后就把他一个人丢在自己的实验室里了。

马可瓦尔多望着自己曾非常厌恶的釉面白色家具，望着装满狰狞物质的试管，试图让自己为就要离开所有这一切的想法激动一下：但他却无法体会到那种他所企盼的愉悦。也许是想到又要回到公司里卸箱子了，或是想到在这期间孩子们肯定会闯下来的祸，最主要的原因还是那外面的雾，这让人感到自己得离开这里，进入一片空洞之中，并在一种潮湿的虚无中融化掉。就这样，他眼睛四处转着，模糊地觉得自己需要喜欢上这里面的什么东西，但他看到的每件东西都让他感到厌烦而不自在。

就是在这时，他看见了一只笼子里的兔子。那是一只白兔子，有着又长又绒的毛，一个小三角形的玫瑰色鼻子，一双惊愕的红眼睛，几乎还没长出毛来的耳朵贴在背上。它个头不大，可是因为被关在那个窄小的笼子里，它蜷缩着的卵形躯体胀在金属网里，一撮撮因为轻微颤抖而抖动的毛戳到外面来。笼子外，在桌上有一些剩下来的青草，还有一根胡萝卜。马可瓦尔多就想了，它该是多么地不幸啊，被关在那个狭窄的地方，看着那根胡萝卜却吃不着。他把那个笼子的小门给它打开。兔子却不出来：它在那里一动不动，只是嘴鼻部稍稍地翕动着，就好像装腔作势地在假装咀嚼着什么。马可瓦尔多拿起胡萝卜，把胡萝卜靠近它，然后再慢慢地把胡萝卜抽回来，好引它出来。兔子就跟着他，谨慎小心地咬住胡萝卜，辛劳地从马可瓦尔多的手上啃起胡萝卜来。马可瓦尔多抚摸着它的背脊，同时也捏了捏它，看它够不够肥。他觉得毛底下的兔子瘦得能摸到骨头。从这点以及它拽胡萝卜的方式上可以看得出来，他们应该没喂饱它。“如果是我养，”马可瓦尔多想，“我一定会把它喂成一个球。”他带着饲养人爱怜的眼神望着它，这眼神能把他对动物的善意和烤兔肉的可能性包含在同一种款款深情中。可不，在凄惨地住了这么多天医院以后，就在要出院的那一刻，他发现了一个本可以填充自己时间和思绪的友善存在。现在却得离开它了，就为了回到那个多雾的城市，一个碰不着兔子的地方。

胡萝卜就快被吃完了，马可瓦尔多把那牲畜抱进怀里，四处给它找其他吃的东西。他把它的鼻子靠在医生写字台上花盆里的一小株天竺葵前，但那牲畜表示不能接受这东西。就在这时，马可瓦尔多听见医生正在进来：怎么跟他解释自己为什么会把这兔子抱在怀里呢？他身上穿着工作服，收腰的那种。于是他迅速地把兔子塞到衣服里面，扣上扣子，为了不让医生看到他胃部那跳动的隆起，他就把兔子移到后面，收在背上。兔子呢，一受惊，倒老实了。马可瓦尔多拿上自己的文件，因为得转身出去，又把兔子挪回了胸前。就这样，外套里藏着兔子的马可瓦尔多，离开了医院，去上班了。

“啊，你的病终于好了？”仓库主任维利杰莫先生看见他的到来，这样说了一句。“你那儿长了什么东西？”他指着他凸出的胸部。

“我这里贴着抗痉挛的发热膏药。”马可瓦尔多说。

就在这时，兔子抽动了一下，马可瓦尔多就像癫痫病人那样也跟着跳了一下。

“你怎么了？”维利杰莫问。

“没什么，打嗝。”他答，并一手把兔子推到背后。

“我看你还是有点状态不佳呀。”主任说。

兔子正企图从他的背上往上爬，马可瓦尔多耸了耸肩膀，把它弄了下去。

“你在哆嗦。你回家再休息一天吧。明天争取能恢复好。”

马可瓦尔多回到了家，手里拎着兔子的耳朵，就像一个走运的猎人。

“爸爸！爸爸！”孩子们欢呼着，迎着他跑去，“你在哪里逮到的？是送给我们的吗？是给我们的礼物吗？”马上就想抓住兔子。

“回来了？”妻子说，马可瓦尔多从她看他的那一眼就能明白，他住院的这段时日无非是给她积累了对自己怨恨的新理由。“一只活的动物？你想拿它怎么样？它会把到处都搞得脏兮兮的。”

马可瓦尔多把桌子腾出来，把兔子放在桌子中央，它紧贴着桌面就好像想要消失一般。“谁要是敢碰它，有你们好看的！”他说，“这是我们的兔子，直到圣诞节前，它要安静地长肉。”

“这是只公兔子，还是母的？”米凯利诺问。

马可瓦尔多倒没想过它有可能是只母兔子。很快他的脑海中就有了一个新的计划：如果它是母的，就可以让它生小兔子，还可以发展养殖业。于是在他的想象中，屋里潮湿的墙壁已然消失，出现了一片田间的绿色农场。

然而这只是公的。但是那个饲养兔子的想法已经深深印入马可瓦尔多的脑海中了。是只公的，但是一只很漂亮的公兔子，可以给它找一个老婆，找其他组建家庭的方式。

“如果我们都没有东西吃，能给它吃什么？”他妻子尖刻地说。

“让我来解决。”马可瓦尔多说。

在公司里，他每天早上都得把领导办公室里盆装的绿色植物搬出去浇水，并搬回原位，于是第二天，他从每株植物上都摘下一片叶子：在这边采些光亮宽阔的叶片，在那边弄些无光泽的叶子，再把叶子塞进制服里。然后，他对一个捧着鲜花来上班的女职员问道：“这是情人给您的？您不送我一枝吗？”接着把那枝花也插进口袋。他又对一个削梨的小伙子说：“你把梨皮给我。”就这样，这里一片叶子，那里一卷果皮，地上一朵花瓣，他指望靠着这些东西给小东西充饥。

突然，维利杰莫先生派人来叫他。“难道脱了毛的植物被发现了？”马可瓦尔多自问，他总是习惯性地感到内疚。

在主任那里，有一位医院里的医生，两位红十字会的医务人员，还有一位警察。“你听着，”那医生说，“我实验室里的一只兔子没了。如果你知道什么事情，最好别耍小聪明。因为我们给那只兔子注射了一种可怕的病菌，它可能会把疾病传播到整座城市。我不问你有没有把兔子给吃了，因为你要是吃了的话，是活不到这个时候的。”

外面等着一辆救护车；他们迅速上了车，警铃一直尖声响个不停，穿过了小巷大街，朝着马可瓦尔多家奔去：在他们经过的马路上，留下了一条由树叶、果皮和花瓣组成的行迹，这是马可瓦尔多忧伤地从车窗里扔出来的。

那天早晨，马可瓦尔多的妻子实在不知道锅里还能放什么。她望着丈夫前一天带回家的兔子，它此时正待在一个塞满碎纸片的临时笼子里。“它来得可真及时，”她自言自语道，“钱是没有了；这个月的工资已经花到了额外的医药费上，职工医疗会又不补贴；杂货铺再也不给我们赊账了。还养什么兔子啊，还等什么圣诞节的烤兔肉啊！我们自己都吃了上顿没下顿的，还要把兔子养肥！”

“伊索丽娜，”她对女儿说，“你已经大了，得学学怎么烧兔子了。你先把兔子宰掉，剥掉它的皮，然后我再给你解释该怎么做。”

伊索丽娜正在读报上的连载言情小说。“不，”她哼哼唧唧地说,“你来宰它,剥它的皮,然后我再来看你是怎么烧的。”

“好孩子!”母亲说,“杀它我是不敢的。但我知道这事容易极了,只需拎住它的耳朵,然后在它后颈上狠敲一下。至于剥皮嘛,我们之后再说。”

“我们什么都看不到的,”女儿说,鼻子都没从报纸上抬一下,“我是不会敲活兔子的后颈的。至于剥皮更是想都别想。”

三个男孩竖着耳朵听完了这番对话。

母亲沉思了一会儿,看了看他们,然后说:“孩子们……”

孩子们就像是商量好的一般,朝母亲背过身去,走出房间。

“你们等一等,孩子们!”母亲说,“我想跟你们说,你们想不想带着兔子一起出去。我们给它在脖子上系一根漂亮的带子,你们一起去散散步。”

孩子们停下来,互相交换了一下眼神。“去哪里散步?”米凯利诺问。

“呃,你们可以四处走走呀。然后去找迪奥米拉太太,把这兔子带到她那里去,然后跟她说能不能帮忙把这兔子杀了,再给它剥个皮,她很能干的。”

妈妈这话真是说得再合适不过了:大家都知道孩子们是怎么样的,他们会被自己喜欢的东西打动,其余的东西都懒得去想。于是他们找来一根淡紫色的长带子,用带子在那个小东西的脖子上拴了一圈，他们互相抢着这根牵狗绳似的带子，那只不愿挪动的兔子被拉在身后，给勒得半死。

“你们跟迪奥米拉太太说，”母亲嘱咐道，“她可以留一条腿！不，还是跟她说留脑袋吧。啊呀，随她吧。”

孩子们刚出家门，马可瓦尔多的住处就给团团包围住了，护士、医生、警卫、警察全闯了进来。马可瓦尔多半死不活地挤在他们中间。“被从医院带走的那只兔子是在这里吗？您赶紧指给我们看它在哪里，但别碰它：它携带了一种可怕的病菌！”马可瓦尔多把他们领到笼子前，可笼子是空的。“已经吃掉了？”“不，不！”“那在哪里？”“在迪奥米拉太太那里！”捕捉者们又开始了追踪。

他们敲了迪奥米拉太太家的门。“兔子？什么兔子？你们疯了吗？”看见自己家里涌进这么多穿着白衬衫和制服的陌生人，还在找一只兔子，老太太都快中风了。她对马可瓦尔多的兔子一无所知。

事实是，那三个孩子，想把兔子从死亡线上拯救出来，就琢磨着要把它带到一个安全的地方去，和兔子玩一会儿后，就把它放走；他们没有在楼梯平台处的迪奥米拉太太家停下来，而是决定爬到屋顶平台上去，跟妈妈可以说兔子弄断了带子，逃跑了。但是好像没有一种动物会比那兔子更不适合逃跑了。让兔子爬上所有那些台阶都是个问题：它每上一级台阶就惊恐地缩在那里。他们最后只好把它抱在怀里，带到上面去。

在屋顶平台上，他们想让它跑一跑：它不跑。他们试着把它放到屋檐上去，想看看它能不能像猫那样走路：但它好像眩晕。他们试着把它举到电视天线的架子上，想看看它能不能保持平衡：不行，它掉下来了。小伙子们玩腻了，扯断了带子，放掉了小东西，然后就走了，于是在兔子面前展开了通向各家屋顶的条条去路，好像一片倾斜而多角的海洋。

当兔子单独待着的时候，它走动了起来。先试了几步，看了看周围，又改了方向，转了个身，一步一小跳地，在屋顶上走了起来。它是一只生来受囚的牲畜：对于自由没有太大的期许，除了能有一刻不用担惊受怕，它不知道生命中还有其他什么更好的东西了。好了，这下它能动了，周围也没任何会让它害怕的东西了，也许它这一辈子还没遇到过这种情况。这个地方是不寻常的，但它从来就没创建过一个东西是寻常的还是不寻常的清晰概念。自从它感到体内有一种模糊而神秘的疼痛在折磨自己以来，整个世界就越来越难提起它的兴趣。它这样在屋顶上走着；猫们看见它一跳一跳的，搞不明白它是谁，害怕地退开了。

与此同时，兔子的行走路线并不是没有被阁楼里、玻璃天窗下与屋顶平台上的人注意到。有人开始在窗台上摆出几盆凉拌生菜，然后从小帘子后窥视着它的去向；有人把梨子残核扔在屋瓦上，然后在那附近布下绳套；有人在屋檐上准备了一排一直通到自家阁楼里的小萝卜块。于是所有住在顶楼的家庭中间都流传着这么一道暗语："今天炖兔子"、"烩兔子肉丁"，或者"烤兔子"。

那牲畜发现了这些诡计，发现了这些默不作声的食物供应。尽管它饿了，还是满腹怀疑。它知道每当人类想吸引它过去的时候，总是会给它食物，然后就总会发生什么不妙和痛苦的事情：要么是在肉里给扎上一针，要么被切入手术刀，要么是被强行塞进扣上扣子的外套里，要么是被脖子上的带子拖着走……对于这些不幸的回忆，体内的疼痛，它感到的器官的缓慢变化，和对于死亡的预感合为了一体，还有饥饿。但就好像它知道，所有的这些不适，只有饥饿是可以缓解的，也就好像它承认，这些不足信的人类——除了残忍的折磨外——还可以给它一种保护，一种家庭温暖，而这，也是它所需要的，它决定让步，决定依从人类的游戏：该怎么样就怎么样吧。于是，它跟着那一条行迹，吃起了小萝卜块，它很明白，他们又会把它囚禁起来，虐待它，但还是继续品尝着也许是最后一次的世间蔬菜美味。就这样，它靠近了阁楼的窗户，此时一只手应该会伸出来把它抓住：然而，突然，窗户关了起来，把它关在外面了。这跟它的经验是完全不相符的：一个拒绝奏效的圈套。兔子转过身，去寻找周围其他的埋伏痕迹，以便在其中选择一个值得自己投降的。然而周围的凉拌菜叶却给收了回去，绳套也给撤掉了，原先探头探脑的人们一下子没了踪影，他们关上了窗户和天窗，屋顶平台上一下子荒凉起来。

原来是这样的，一辆警车开遍了整座城市，用一个扬声喇叭大喊道："注意了，注意了！一只长毛白兔失踪了，它患有一种严重的传染性疾病！谁要是找到它，要知道它的肉是有毒的，即使是接触也可能被传染有害病菌！不管是谁看到它，都请通知最近的警局、医院或者消防队！"

恐慌在屋顶上蔓延开来。每个人都很警惕，人们一发现兔子柔软地从一个屋顶跳到另一个屋顶时，就赶紧发出警报，然后所有的人就消失了，好像一大群蝗虫正在逼近一般。兔子在屋顶线脚上犹豫不决地走着；那种孤独感，就在它刚发现自己需要接近人类的时候，更让它感到可怕而无法容忍。

这时，老猎手乌尔力克骑士，已经给他的猎枪上好了打兔子用的子弹，他在一个屋顶平台上的烟囱后埋伏了下来。当他看见雾里冒出了兔子的白影子时，就开了枪；他想到这牲畜的恶行，心里太激动，结果一大朵弹丸像下冰雹般射过去，却偏了一点儿，落到了屋瓦上。兔子听到枪声在身边响起，同时感到一粒子弹穿过了自己的耳朵。它明白了：这是开战的宣言，和人类的所有关系已然断绝。它鄙视他们，鄙视这种行径，从某种程度上来说，它觉得这就是种无动于衷的忘恩负义，它决定结束自己的生命。

一面铺着金属板的屋顶是往下倾斜的，下沿悬在空中，悬在雾气不透明的虚无之中。兔子把四只爪子都搁在那上面，一开始的时候很小心，然后就完全听之任之了。它就这么滑着，被痛苦吞噬和包围着，走向死亡。在沿边上，檐槽拦了它一秒，然后它就失去了平衡，掉了下去……

然而它却掉在了戴着手套的消防员手里，他正爬在消防梯的顶端。就连那个关乎动物尊严的极端举动也被阻止了，兔子被放在救护车上，汽车疾速驶向医院。车上也有马可瓦尔多、他妻子，还有他的小孩，他们将被留院观察，还要接受一系列的疫苗试验。

冬天

12 下错了的车站

对于一个居住条件恶劣的人来说，家里是很难待得下去的，寒冷冬夜中最好的避难所永远是电影院。马可瓦尔多特别喜欢彩色电影，因为那种大银幕可以呈现出各种最辽阔的场景：广袤的草原，岩石嶙峋的山峰，赤道地区的森林，鲜花遍地的海岛。同一部电影他一般要看两遍，直到电影院关门才出来；出来后思绪却依旧徜徉于那些景色之中，他甚至还能呼吸得到那些色彩。但是，在一个下着毛毛细雨的夜晚回家，在电车站等着30路电车的到来，以及意识到在他的生活中除了电车、红绿灯、半地下室、煤气炉、晾出来的衣服、仓库、包装间以外，自己什么其他场面都没见过，所有的这一切，都使之前电影在他心中留下的光彩消散在一团褪了色的灰色忧伤中。

那天晚上，马可瓦尔多看的电影是在印度森林里拍的：从沼泽地里的灌木丛间升起一团团雾气，一条条的蛇缘着那些藤本植物，攀爬在雨林覆盖住的古老神庙的雕像上。

马可瓦尔多站在电影院门口，睁开眼睛，朝路上望去，然后把眼睛闭上，接着再睁开：他什么也看不见。绝对是什么也看不见，连离鼻子一拃远的地方都看不见。就在他在电影院里看电影的时候，大雾侵袭了整座城市，那雾又厚又暗，把一切东西和声音都裹在其中，把距离压成一个没有维度的空间，把光线卷入黑暗中，并把它转化成没有形状也没有方位的闪光。

马可瓦尔多机械地往30路车站走去，鼻子一不小心撞到了指示牌的杆子。就在那一刻，他发现自己是幸福的：正是因为大雾抹去了周边的世界，他才得以把电影银幕上的种种情景保留在自己的视觉里。现在也不像刚才那么冷了，这团云雾就像是一床被子，包住了整座城市。马可瓦尔多裹紧大衣，感到自己被保护在各种来自外部的感觉之外，在一个空的空间中翱翔，同时还可以用印度、恒河、热带雨林与加尔各答的风景给这个空间填色。

电车缓缓地摇着铃，像幽灵一般若隐若现地驶来了；窗外的事物都是点到即止地存在着；对于马可瓦尔多来说，在那样一个晚上，背对着其他乘客坐在电车的尽头，透过玻璃窗注视着外面空荡荡的夜晚，注视着这夜幕中模糊的光斑和那些比黑暗更黑的影子，这一切的一切，才是完美的状态，因为这样他就可以睁着眼睛做梦了，不管走到哪儿，他都可以在眼前这片无限的屏幕上不间断地放映电影。

他这么想着想着，也没注意电车都停了哪些站，突然想起来问自己这是到哪儿了；这时他才发现电车里几乎已是空无一人，他透过玻璃窗目不转睛地观察着，大概搞明白了那些依稀可见的亮光都是些什么，确定自己该在下一站下车，于是他赶紧跑到车门口，及时下了车。他打量着周围，想看看有什么参照物是可以帮着辨别方向的。但是他的眼睛可以捕捉到的那一点点光和影并不能构成任何可以识别的形象。他下错了车站，不知道自己在什么地方。

如果能遇到一个行人，叫人家指个路什么的就好了；可是在这么一个偏僻的地方，都这个时辰了，又碰上这种鬼天气，路上可不是连个人影都没有。终于，他看到了一个人影，便想等着人家走过来。但是没有：那人越走越远，也许是在过马路，也许只是在路中央走着，也许都不是在走路，而是在骑车，骑着一辆没有灯的自行车。

马可瓦尔多大声喊起来："劳驾！劳驾，先生！您知道邦克拉齐奥·邦克拉齐埃蒂路在哪儿吗？"

那个人形却仍在远去，甚至都快看不到了。就在这时那人说道："往那儿走……"但是搞不清他指着什么方向。

“右边还是左边?”马可瓦尔多叫着,但也不知道自己是否只是对着空气问的。

回答,或者说是回答的尾声传了过来:“……边!”可以是“左边”,也可以是“右边”。但总之,只要他们都没看到对方是朝着什么方向的,右边和左边也都没有任何意义。

现在马可瓦尔多正朝着一点儿亮光走去,那亮光好像就在对面人行道上,只要走几步就到了。然而实际的距离却要远得多,甚至需要穿过一个小广场,那广场中央有一块杂草丛生的安全岛,还有一些指示车辆转弯的箭头(也是唯一可以辨认的标记)。时间已经很晚了,但是肯定还有什么咖啡店、小酒馆是开着门的;霓虹灯招牌上刚刚打出“Bar”的字样,灯突然就灭了;那如同刀片一样薄的黑暗,就好像金属帘门一样,落在本该有面打着灯的玻璃上。这家酒水咖啡店也在关门了,直到那时他才明白,自己离那儿还远得很。

还不如换一个目标光源:马可瓦尔多走路的时候不知道自己走的是不是直线,也不知道他正在朝那里走的光点是不是还是之前的那个,或是已经变成了两个或是三个光点,甚至是已经变了位置。空气中荡漾着一种奶状的黑色尘埃,它是如此的细密,以至于马可瓦尔多走路的时候似乎都能感到这尘埃正在穿过大衣,挤进了织物的针线之间,就像是穿过一面筛子那样,渗入到大衣里面来，把他给浸湿了，自己就像是吸了水的海绵那样，浑身上下湿漉漉的全是灰尘。

这回他找到的那一点光来自一家小酒馆烟雾缭绕的门口。里面的人有坐着的，有站在酒吧桌前的，但是，也许是光线不好，也许是大雾弥漫，在那里的景象与人形也是模糊不清的，正如电影里才能看到的那种年代久远、地处偏僻的什么小酒馆一样。

“我在找……如果他们知道的话……邦克拉齐埃蒂路。”他开口说，但小酒馆里吵得很，酒鬼们哈哈大笑着，以为他也喝醉了，他能问出的那些问题，与他能得到的那些解释，于是也变得朦胧而含糊起来，再说，也是为了暖暖身子，或者更准确地说是受了吧台前那些人的摆布，他也要了一点酒，起初只是四分之一升，然后又来了半升，最后还被那些拍着他肩膀的酒鬼请了好几杯。总之，当他从小酒馆里出来时，他对回家应该走哪条路的概念不但没有比之前更清楚，反而更模糊了，这大雾好像比任何时候都包含了更多的陆地和颜色。

借着被酒暖热的身子，马可瓦尔多又足足走了一刻钟，走路的时候，他的脚步时刻感到需要向左右两边探测，以便弄明白人行道的宽度（如果他还是在人行道上走的话），而他的双手也时刻感到需要去摸摸身边的墙（如果他还是沿着墙走的话）。走着走着，他思绪间的迷雾好像稀薄了些；但是身外的那片大雾还是很浓厚。

他记得在小酒馆里的时候，别人叫他走条什么路来着，说是走个百来米后再问人。但现在他也不知道离小酒馆有多远了，也许自己只是在围着刚才的那块安全岛打转。

这里的砖头墙就好像工厂的围墙，感觉跟没人住似的。在一个拐角处，确实有一块写着路名的路牌，但是路灯的光是悬在马路中央的，根本照不到那牌子上去。马可瓦尔多为了看清那牌子上的字，就爬上了旁边一根挂着“禁止停车”标志牌的杆子。他爬啊爬，直到把鼻子都贴在那牌子上了都看不清上面写了什么，因为那字已经褪了色，而他身上又没带火柴，不能把字照亮了看。路牌上方的那堵墙是一个制高点，那里平坦宽阔，马可瓦尔多从那块“禁止停车”的牌子上探出身去，居然也跨到了那堵墙的墙头上去。这时他隐约看到墙头的边上竖着一块白花花的大牌子。他在墙头上挪了几步，来到那牌子前；这里的路灯把白底牌子上的黑字照得亮亮的，但牌子上写的是“未经授权，严禁入内”，这种标志一点儿启示作用也没有。

这墙头上面还挺宽，足以让人保持平衡，走起路来也没有问题；仔细想想的话，甚至可以说，在这上面走比在人行道上走要好，因为路灯正好就能照到这墙头上的路，在黑暗中打出一条光带。走着走着，墙突然就到头了，拦住马可瓦尔多的是一根柱子的柱顶；不，还没有到头，他拐了个直角弯后，继续往前走……

就这样，几经拐角、凹陷处、岔口、柱子之后，马可瓦尔多的路走出了一个不规则的图形；好几次他都觉得路要走到头了，结果只是换了一个方向罢了；弯弯折折地走多了，他自己也不清楚拐到什么方向上去了，也就是说，如果还想回到底下的路面上去，他也不知道应该往哪个方向跳了。跳……地面和这墙头之间的落差会不会增加？他蹲在一根柱子上试着往下看，不管是墙这边还是墙那边，没有一束光是能照到地面上去的：可能只是两米的这么一个高度，也可能是一个深渊。他只能继续沿着墙头走。

出路很快就出现了。与墙尽头相连的是一块泛白的平地：马可瓦尔多又在这块在黑暗中延伸下去的平地上走了起来，他意识到这可能是什么建筑的水泥房顶。很快他就后悔继续走下去了：现在自己可是什么参照物都没有了，他离开始的那排路灯已经很远了，他现下迈出的每一步都可能把他带到房顶的边缘，或者更远的地方，比如空中。

那个空中可就真是个无底洞了。下面隐隐约约地闪着小粒小粒的光，好像是从很远的地方打上来的，如果那光是路灯打出来的，那地面就应该在更下面的地方。马可瓦尔多就悬在这么一个自己难以想象的空间中：突然他上方出现了一些绿色和红色的灯光，这些光不是按着规则的图形排列出来的，而是像星座一样。他正仰起脸研究着那些光呢，一不留神往外跨了一步，跌了下去。

“我要死了！”他这么想着，可是就在那时，他却跌坐到一块柔软的地面上；他的双手摸到的全是草；他跌到了一块草坪中央，安然无恙。那些之前看上去如此遥远的灯，其实是那种嵌在地上的一排排小灯。

安这种灯的都不是什么寻常的地方，但是这很方便，因为这灯给他指出了一条路来。现在他脚下踩的不再是草地，而是沥青了：在草地的中央横穿过一条很宽的沥青路，路被两旁的埋地灯照得通亮。周围呢，什么也没有，只有一些彩色的亮光，在高空中时隐时现。

“一条沥青路总能走到什么地方去的。”马可瓦尔多这么想着，于是走上了这条路。他来到一个岔路口，准确地说是一个好几条路的交叉口，每一条岔路都被那两排小小、矮矮的埋地灯照着，这些路的地面上也都标着巨大的白色数字。

马可瓦尔多泄气了。选哪条路走有什么意义呢，这周围不过都是些平整的大片草地和空空如也的大雾。就在这时，他看见了跟人差不多高的光束在动。那是一个人，真的是一个人，正张着双臂站在那里，（好像是）穿着一身黄色的制服，正挥着两块发光的牌子，就像是火车站站长指挥火车运行的那种信号牌。

马可瓦尔多朝这个人跑去，还没跑到他跟前，就开始上气不接下气地说道：“嘿，您，能不能跟我说说，我，在这么大的雾里，该怎么办，您听我说……”

“您别担心，”穿黄衣服的男人平静而客气地说道，“一千米以上就没雾了，您尽管放心地走吧，梯子就在前面，其他人已经上去了。”

这话说得很晦涩，但是很鼓舞人心：马可瓦尔多听到不远处还有其他人，特别地高兴；于是他赶紧往前走，去追那些人了，也没再多问。

那个之前被神秘提到的梯子其实是一小节阶梯，台阶高度很适中，台阶两旁是扶手，白花花的，在黑暗中尤其显眼。马可瓦尔多上去了。在一扇小门的门槛处，一位姑娘非常礼貌地向他问好，客气得都让他觉得那姑娘不可能是在向他问好。

马可瓦尔多恭敬地连声说道：“小姐，向您致意！祝您好运连连！”他浑身上下又冷又潮，简直不敢相信自己能找到这么一个避寒处……

他进去了，被里面的亮光晃得睁不开眼睛。他不是在一个房子里。那究竟是在哪儿？一辆公共汽车，他这么以为，一辆有着很多空座位的很长的公共汽车。他坐下了；一般回家他是不乘公共汽车的，而是乘电车，因为电车票便宜一点儿，但是这次不一样，他在这么偏远的地方迷了路，这种地方当然是只通公共汽车的。他还挺走运的，居然能赶上这班车，大概是最后一班了吧。车上的座位真柔软真舒适！马可瓦尔多现在知道公共汽车上的服务是这样的，以后就都坐公共汽车回家了，尽管乘客得服从一些命令（“……乘客们——广播里的声音说道——请不要吸烟，请把安全带系上”），尽管启动时发动机的嗡嗡声有些大得过分。

一个穿着制服的人在座位间走动着。“抱歉，售票员先生，”马可瓦尔多说道，“您知道在邦克拉齐奥·邦克拉齐埃蒂路附近停站吗？”

“先生您说什么？第一站是孟买，然后是加尔各答和新加坡。”

马可瓦尔多环顾了一下四周。其他座位上坐的都是些长着大胡子、缠着头巾、面无表情的印度人。也有几个女的，身上裹着绣花的纱丽，额头上点着吉祥痣。窗外的夜空中布满了繁星，飞机穿过了厚被子般的浓雾，在明净的高空中飞行。

春天

13　在河水更蓝的地方

有段时间，就连那些最简单的食物里都藏着种种隐患，食材掺假屡见不鲜，食品安全受到威胁。那阵子，报纸上没有一天不是在说买菜时市场里那些可怕的发现：奶酪是用塑料做的，黄油是用蜡烛做的，在蔬菜水果中含砷杀虫剂的比例比其中所含维生素的比例要高得多。为了让鸡长膘，就把某种合成药丸塞进去，这种药丸使你只要吃它一根大腿就能变成一只鸡。所谓新鲜的鱼，也都是去年从冰岛捕上来的，只消给鱼眼睛化化妆，就好像是昨天才钓上来的。有的牛奶瓶里还会冒出一只不知死活的耗子。油瓶子里流出的不是金色的橄榄油汁，而是老骡子身上的油脂，还是通过特殊蒸馏法提炼出来的。

马可瓦尔多不管是在单位还是在咖啡馆里，总能听到这种事情，每当他听到这些事情的时候，就像是胃部给驴子踹了一脚，食道里窜着一只老鼠似的。以前，他的妻子多米蒂拉买菜回家的时候，篮子里装着的芹菜、茄子，还有杂货铺和熟肉店专用的那种粗糙多孔的纸袋，总是能给他带来巨大的欢喜，可如今这个篮子只能引起他的恐慌，仿佛什么有害物质就要穿墙而入了。

马可瓦尔多暗暗发誓："现在我的全部精力都应该放在为家人提供食物上，要找那些投机骗人的商家还没经过手的食物。"马可瓦尔多早上去工作的时候，有时会看到一些拎着钓鱼线、踩着橡胶鞋的男人往河边走。"这就上路子了。"马可瓦尔多自言自语地说。但是流经城市的那段河水汇聚了很多垃圾和从排水管、阴沟里排出的污水，只能引起他深深的反感。"我得找个地方，"他心想，"那里的水要真的是水，鱼也要真的是鱼。只有在那里，我才会抛出我的钓鱼线。"

于是一天的时间开始变得漫长起来：马可瓦尔多每天下班后都骑着他的机动自行车，去探索处在城市上游的那一段河流、周边的小溪以及它的各个支流。他最感兴趣的首先是那些离沥青马路最远的溪流。他抄上小路，在柳树林间穿行，到了机动自行车开不了的地方，他就把车丢在矮树丛中，继续步行前进，直到找到水流为止。有一次他迷路了：他在灌木丛生的陡峭坡子上转来转去，怎么都找不到路，连河在什么方位都不清楚了。他无意拨开树枝，突然看见离自己几臂远的下方，河水正静静地流着，那是一片河流的开阔处，一小块河水缓流的流域，水的颜色蔚蓝蔚蓝的，就好像山里的湖泊。

激动之情并没能阻止他仔细观察河流的微波。这不，他的坚持得到了回报！只见一条鱼跃出了水面，接着又是一条，还有一条，阳光下闪闪发光的鱼鳞是不可能看错的，他幸福得不敢相信自己的双眼：整条河里的鱼都汇集在那个地方，这是渔民的天堂，除了他以外，现在也许还不为人所知。他往回走的时候，天已经黑了，为了能重新找到来路，他不时停下来，在榆树皮上刻上记号，并在某些地方堆上石头。

现在他唯一要做的就是弄全装备了。这他还真早就想过：在邻居和公司职员中间，他已经锁定了十来个钓鱼爱好者。他闪烁其词地跟每个人许诺，一旦自己能确定这个只有他一个人知道的、游满了丁桂鱼的地方，就立刻告诉他们，就这样，向这个人借一点儿，向那个人借一点儿，他居然成功地搞到了一套前所未有最齐全的渔具。

这下，他就什么都不缺了：鱼竿、钓鱼线、鱼钩、鱼饵、渔网、捕鱼靴、鱼篓、一个阳光灿烂的早晨、去工作以前的两个小时（从六点到八点）、一条满是丁桂鱼的河流……他怎么可能捕不到鱼。的确是这样的：钓鱼线一投下去，鱼就给捕着了；丁桂鱼毫不怀疑地上钩了。既然用钓鱼线都这么容易，马可瓦尔多就直接撒了渔网：

丁桂鱼心甘情愿地埋着头往网里跑。

当他要离开的时候，他的鱼篓里已经装满了鱼。他找着一条路，沿河而上。

“喂，我说您哪！”在柳树林间河岸边的拐角处，一个戴着看守人帽子的家伙，直挺挺地站在那里，正恶狠狠地盯着他。

“是说我吗？怎么啦？”马可瓦尔多回答，感到自己的丁桂鱼正受到一种未知的威胁。

“那些鱼，您是从哪儿弄来的？”看守人问。

“什么？为什么这么问？”马可瓦尔多的心都提到嗓子眼了。

“如果您是从那底下打上来的，就赶紧把鱼放走，您没有看到那上面的工厂吗？”的确，看守人正指着一座又长又矮的建筑物，马可瓦尔多这会儿拐过弯来了才看见，在柳树林的后面，那座建筑物正往空中吐着黑烟，同时往水里排着一团浓云，那云有着不可思议的、介于青绿色和紫色之间的颜色。“那水都是什么颜色，您至少看到了吧！那是一家油漆厂。就因为那种蓝色的排放物，整条河都是有毒的，还有河里的鱼。您赶紧把鱼放掉，否则我要没收的！”

马可瓦尔多现在当然是想赶紧把鱼篓从身上卸下来，然后把鱼扔得远远的，越远越好，好像单是这味道都能叫他中毒似的。但是在看守人面前，他可不想丢那个面子。“那如果我是在上面逮到的鱼呢?”

“那就是另外一回事儿了。我不仅要没收这鱼,还要罚您的款。工厂上面是一个鱼塘。您看见那牌子了吗?”

马可瓦尔多赶忙说道:“我真的只是带着钓鱼线来做个样子的,想让我朋友知道我去钓鱼了,但这鱼是我从附近村子里的卖鱼人那儿买的。”

“那就没什么好说的了。您要把这鱼带进城的话,只需要付个税就行了:我们这是在城外。”

马可瓦尔多却早已把鱼篓打开,把鱼放到河里去了。有几条丁桂鱼应该还是活着的,因为它们快活地扑腾着游走了。

14 月亮与GNAC

夜晚持续二十秒，然后是二十秒钟的GNAC。在那二十秒钟的时间里，可以看到深浅不同的蓝色天空中飘着团团黝黑的云朵，可以看到金黄色镰刀形的新月被划了一道极细的光晕，然后还能看见星星，越是盯着它们看，那些小小的颗粒就越是稠密，甚至还有些刺眼，直至能看见银河那密密麻麻的光带，所有这一切都看得匆匆忙忙，目光所滞留的每处细节都是整体中的一部分，可看到了细节，又会失去了整体，因为二十秒钟很快就会结束，GNAC又会亮起来。

GNAC是正对面屋顶SPAAK-COGNAC[①]广告牌上的一部分，它亮上二十秒，熄上二十秒，当它亮起的时候，其余什么东西

① “COGNAC”意为白兰地，“SPAAK”则为公司名。

都看不见了。月亮倏然褪了色，漆黑的天空变得均匀而扁平，星星失去了光泽，公猫和母猫发出爱意绵绵的叫唤已经有十秒钟了，它们沿着屋檐和脚线，一个挨着另一个，软绵绵地走动着，现在，GNAC一亮，它们就竖起了浑身的毛，藏到屋瓦上的霓虹灯的磷光中去了。

马可瓦尔多一家探在所住顶楼的窗前，各种迥异的思绪正在一家人中间涌过。夜深了，伊索丽娜已经是个大姑娘了，那明亮的月光让她心驰神往，而内心则饱受着折磨，以至于楼下收音机里叽里哇啦的微弱声响传到她耳中，也成了一支叮咚作响的月下情歌；GNAC又亮了起来，那台收音机好像也换了一支调子，一支爵士乐，伊索丽娜想着灯火辉煌的舞厅，而她这个小可怜，孤身一人待在这顶楼上。皮埃特鲁乔和米凯利诺睁大了眼睛望向夜空，他们任由自己被一种温暖而柔软的害怕闯入，害怕自己被满森林的土匪包围住；然后，GNAC！他们翘起大拇指、向前伸着食指，突然跳起来互相指着："举起手来！我是超人[①]！"多米蒂拉，他们的母亲，每当灯灭下去的时候，她就会想："现在得让这些孩子们离开这里，这气氛可不好。伊索丽娜这个时候还把头探在外面可是不行！"可之后，一切又会重新亮起和令人不安起来，屋外屋里一般

① 原文为英语。

通明,这让多米蒂拉感到自己仿佛身处一个体面的人家。

费奥尔达里基是一个忧郁的小伙子,每当GNAC熄灭的时候,在字母G的旋涡中,都会出现一小扇微微被照亮的阁楼窗户,而在那玻璃后,有一张姑娘的脸庞,那脸有着月亮的颜色、霓虹灯的颜色、夜晚自然光亮的颜色,她有着一张几乎还是小女孩的嘴巴,他刚朝她微笑一下,她就难以察觉地张开一点嘴,而当那嘴已经好像就要展开一个笑容时,GNAC中那个无情的G就又会从黑暗中突然射出来,姑娘的脸于是就失去了轮廓,化成一片微弱而浅淡的阴影,这让他也无从知道姑娘那孩童般的嘴是否回应了他的笑容。

在这些暴风骤雨般的情感中,马可瓦尔多却尝试着给孩子们教授一些天体方位的常识。

"那是大车星座[①],一颗,两颗,三颗,四颗,那里是辕[②],那是小车星座[③],还有指示北边的北极星。"

"那么那个呢,指示什么?"

"那指示着C。但它不属于星星。它是单词COGNAC的最后一个字母,而星星是指示基本方向的。北、南、东、西。月亮现在的月峰朝西。峰面西,上弦升。峰面东,下弦落。"

---

① 即中文中的"大熊星座"。

② 即中文中大熊星座中的"勺"。

③ 即中文中的"小熊星座"。

“爸爸，那么COGNAC也要落下来了是吧？C的弦峰是朝着东的！”

“这跟弦峰没关系，不管是升还是落：这是SPAAK公司安上去的一个字母。”

“那月亮是哪个公司放上去的？”

“月亮不是什么公司放上去的。它是一颗卫星，永远都在。”

“如果它永远都在的话，为什么会改变弦峰呢？”

“月亮有四个月相。能看到的只是一个部分。”

“那个COGNAC也是只能看到一部分。”

“那是因为皮尔贝尔纳尔迪大楼的屋顶更高。”

“比月亮还高？”

就这样，每当GNAC亮起来时，马可瓦尔多的星星就和地球上的商业广告混在了一起，伊索丽娜把自己的叹气化成了轻声吟唱时的急促呼吸，而阁楼里的姑娘就这样消失在那圈耀眼而冰冷的光环里，光环隐去了她对费奥尔达里基飞吻的回应，那可是他鼓足了勇气才用手指尖送出去的，菲利佩托和米凯利诺把拳头举在脸前，做出飞机上机关枪的模样，他们对准那二十秒钟以后就会熄灭的闪亮字迹“嗒—嗒—嗒—嗒……”地扫射起来。

“嗒—嗒—嗒……你看见没？爸爸，我只用一发扫射就把那灯打灭了。”菲利佩托说。但是，没了霓虹灯，他对战争的狂热也已消失殆尽,眼里充斥着睡意。

“那敢情好!”父亲失口说出,“最好能打得粉碎!我就能让你们看看狮子星座、双子星座了……”

“狮子星座!”米凯利诺突然来了兴趣,“等一下!”他想到一个主意。他拿起一把弹弓,从口袋里掏出身上经常装着的小石子,安在弹弓上,并使出全力,对准GNAC弹出一发石子。

只听见一连串散乱的石子落在对面屋顶的屋瓦上,落在屋檐的金属板上,一扇被击中的窗户玻璃叮咚作响,一块石头敲打在底下的车灯槽里,咣当响了一声,街上也响起一个声音:“下石头了!嘿,楼上怎么搞的!混蛋啊!”但那闪耀的字迹恰巧就在石头射过去的时候灭掉了,因为它该亮的二十秒钟到头了。于是顶楼上所有的人都默默地数了起来:一,二,三……十,十一,一直到二十。他们数到了第十九秒时,都屏住了气,数出了第二十秒,还数了第二十一、二十二秒,他们担心是不是数得太快了,但是没有,什么都没有,GNAC并没有再次亮起,仍是漆黑一片,很难识得清楚,在它的支撑架上缠作一团,好似葡萄藤架上的葡萄。“啊——!”所有的人都大叫了一声,他们头顶上升起的天穹布满了无边无际的星斗。

马可瓦尔多很想给米凯利诺后脑勺一巴掌,手都抬起来了,却又停住了,他感到自己就像是被投射在了宇宙之中。现在统治着屋顶那个高度的黑暗就像一面幽深的屏障,把下面的世界排除在外，在底下，象形文字般的黄色、绿色与红色霓虹灯仍在继续旋转，红绿灯眨着眼睛，空荡荡的有轨电车打着灯行驶着，看不见的汽车推着车灯的光锥前行。从这下面的世界中升上来的只是一团弥漫的磷光，像烟雾一样模糊不清。抬起眼睛的时候，再也不会感到强光刺眼了，眼前展开了一片宇宙的全景，星宿在天空的深处不断放大着，苍穹之中处处都在旋转着，整个天空就好像一个球体，囊括了一切，然而却没有任何界限能够容纳得了它，在星空这纱帐之中，只有一片稀薄之处，仿佛一道缺口似的，朝着金星打开，好让它独自跃到地球的轮廓之上，而金星那刺人的静止光亮，爆炸般地聚集在一点之上。

新月悬在这片天空中，并没有炫耀那个抽象的半月形容貌，而是展现出一个不透明球体的自然风貌，它因地球的遮挡，只是被太阳的光斜照着，可尽管是这样，它仍保留着——就像只能在初夏的某些深夜里才能看到的那样——暖暖的色调。月亮在那里被切成了暗部与明部，马可瓦尔多看着那明暗之间似海岸一般的窄窄切线，不由得体尝到一种怀念，他怀念能到达一片海滩，那里在夜间也能奇迹般地阳光灿烂。

就这样，他们在顶楼里张望着，孩子们被自己的举动造成的无法估量的后果吓坏了，伊索丽娜则好似陶醉在狂喜之中。在所有人中间，费奥尔达里基是唯一一个发现微亮阁楼的人，他终于等到了姑娘月亮般的微笑。妈妈回过神来，说："快点，快点，都夜里了，你们还探在这里干什么？在这通明的月亮下，你们会生病的。"

米凯利诺把弹弓对准了高处。"我把月亮也射灭了。"说罢，他就被逮住送上了床。

于是，那天晚上的剩余时间和第二天的整个晚上，对面屋顶上的照明字迹只写着：SPAAK-CO，于是从马可瓦尔多的顶楼里，就可以看见星空了。费奥尔达里基和月光姑娘用指尖互传着飞吻，也许他们这样默不作声地说着话，都能商定好一次约会了。

但是第三天的早上，在屋顶上发光字迹的支架间，出现了两个穿工作服的电工的纤瘦身形，他们正在检查灯管和线路。马可瓦尔多带着一副能预见天气的老者神情，把鼻子伸到外面，然后说："今天晚上将又是一个GNAC之夜。"

有人在敲顶楼的门。他们打开门，是一位戴眼镜的先生。"很抱歉，我能从您家的窗户上看看吗？谢谢了，"然后他自我介绍起来，"我是戈蒂弗雷多博士[①]，是照明广告公司的代理人。"

"我们完了！他们想让我们赔偿损失！"马可瓦尔多想，他瞪着孩子们，就像要把他们吃掉一样，忘记了自己也曾陶醉在那天空中。"现在他从窗户上看，就会明白石头只可能是从这里投出去

---

① 意大利只要不是工科的大学毕业生，都称为博士。

的。”想到这里，他觉得还是把话说在前面比较好。“您看，他们还是孩子，石头就是这样随便扔出去的，打麻雀玩的，都是些小石子，我也不知道那石子怎么就把‘SPAAK’那行字给砸坏了。但我已经惩罚过他们了，唉，我可是都惩罚过他们了！您放心，这事再也不会发生了。”

戈蒂弗雷多博士表现出一副很认真的样子。“说真的，我是为‘COGNAC TOMAWAK’公司工作的，不是‘SPAAK’公司。我来是为了研究一下在这边的屋顶上安置一面照明广告的可能性。但请您讲下去，您讲您的，我很感兴趣。”

就这样，半小时以后，马可瓦尔多和“SPAAK”公司的主要竞争对手“COGNAC TOMAWAK”公司缔结了一份合约。每当那行字又被修好亮起来的时候，孩子们就得用弹弓把GNAC打掉。

“这件事顶多也就是‘溢出花瓶的那一滴水’[①]。”戈蒂弗雷多博士说。他没说错：因为巨额的广告开销，“SPAAK”公司已经濒临倒闭，现在，他们把自家最华丽的照明广告接连不断的损毁现象看作一个不祥之兆。那行时而是COGAC，时而是CONAC，时而又是CONC的字迹，给其公司的债权人传播了一种混乱的感觉；后来，因为“SPAAK”公司仍付不清欠款，连广告公司也拒绝修补其

① 这种说法类似于“压倒骆驼的最后一根稻草”。

余的损坏了；那行字的彻底熄灭加剧了债权人的不安心理；最后“SPAAK”公司破产了。

在马可瓦尔多的天空里，月亮又在自己璀璨的光辉中圆了起来。

最后一个月相中的一天，几个电工又爬上了对面的屋顶。当天晚上，比之前还要高一倍与宽一倍的火红字体，COGNAC TOMAWAK，闪亮了起来，于是就再也没了月亮，没了星空，没了天空，没了黑夜，只有每两秒钟就亮起或灭掉的COGNAC TOMAWAK，COGNAC TOMAWAK，COGNAC TOMAWAK。

在所有人中间，最受打击的是费奥尔达里基；月光姑娘的阁楼在那巨大的、不可穿透的W字母后消失不见了。

秋天

15　雨水和叶子

在公司里，马可瓦尔多除了要完成各种各样的任务，每天早上还要给公司门口花盆里的植物浇水。那是一种一般养在家里的绿色植物，它的茎细细直直的，茎上交错着生出长长的叶柄，叶柄上长着宽阔而油亮的树叶：总之，它就是那种植物，长着植物该有的模样，它的叶子也长着叶子该有的模样，不太像是真的。可它终归还是植物，像它这种植物，如果那样挤在窗帘和伞架中间，会因为缺少光线、空气和雨露而痛苦。马可瓦尔多每天早上都会发现一些糟糕的迹象：比如一片叶子的叶柄弯了，就好像是再也承受不住叶子的重量了；比如另一片叶子上出现了很多小的斑点，就好像一个得了麻疹的孩子的脸颊；再比如，第三片叶子的叶尖发黄了，直至其中的一片叶子“啪嗒”一声掉到地上。然而（最让人揪心的是），那盆植物的茎越来越长，越来越长，但不再是井井有条地枝繁叶茂，而是光秃秃的，活像根拐杖，只是在茎的顶端长着一小撮叶子，搞得跟棕榈树似的。

马可瓦尔多把地上的落叶扫走，掸了掸那些还健在的绿叶，往它的根部浇上半壶水（得缓缓地倒，以防那水溢出来，脏了瓷砖地），那水很快就被花盆里的土壤给吸干了。马可瓦尔多在这些简单的举动中投入的心思比做其他任何工作投入的心思都要多，这植物就像是他一个遭遇了不幸的家庭成员，他对它几乎是报以同情的。他不时地叹气，也不知道是为这植物，还是为他自己：因为这一株被囚在公司四壁之间、瘦高发黄的灌木，让他感觉找到了患难兄弟。

那植物（它就是被这么简单称呼的，就好像在那样一个由它独自代表整个植物世界的环境中，任何一个更准确的名字都是没有意义的）就这样进入了马可瓦尔多的生活中，以至于叫他日日夜夜、时时刻刻地牵挂着。他现在用来观察天空中密布着乌云的目光，不再是以前那种城里人看到阴天会自问要不要带伞的目光了，而是一种日复一日地期盼着旱灾尽早结束的庄稼汉的目光。这不，当他把头从手上的工作中抬起，透过仓库的小窗户，逆着光看到了外面的雨帘开始细细密密、悄无声息地落下的时候，马上丢下手里的活儿，一溜烟儿地跑到植物跟前，一把抱过花盆，把它放到了外面的院子里去。

那植物呢，感到了流淌在叶子上的雨水，便提供出更多的面积来获得雨水，好像膨胀开了一样，仿佛因为现在能用更为鲜亮的绿色来染饰自己了而喜悦：或者至少马可瓦尔多是这么感觉的，他站在那里注视着那盆植物，甚至忘了躲雨。

他们就这么伫立在院子里，这人和这植物，面对面地。这人几乎能像植物那样体会到淋着雨的感受，而这植物呢——还没有习惯过来户外的空气以及这许多自然现象——就像一个从头到脚突然被全身淋湿的人那样惊愕不已。马可瓦尔多仰面望着天，品尝着雨水的滋味，那已经是一种——对他而言——近乎森林和草地的味道了，他便在脑海中追寻起那些模糊的记忆来。但是在这些记忆中，最清晰也最靠近的，却是有关风湿病的回忆，这风湿病每年都得折腾他；于是，他赶紧回到屋里去了。

下班时间到了，公司要关门了。马可瓦尔多向仓库主任问道："我可以把那植物留在外面的院子里吗？"

他们的头儿，维利杰莫先生，是一个特别怕为麻烦事儿担责任的家伙。"你疯了吗？要是被偷了怎么办？谁来负责？"

但是马可瓦尔多看着雨水给植物带来的好处，实在接受不了要把它再关进去的事实：那简直就是浪费了上天的馈赠。"我可以带着它，一直带到明天早上……"他提议道，"我可以把它放在自行车后面的架子上，把它带回家……这样我就可以让它尽可能充分地淋到雨了……”

维利杰莫先生想了一下，总结道：“这就是说你将承担全部责任。”然后就同意了。

马可瓦尔多穿着一件带帽子的防风雨衣，整个身子都弓在机动自行车的把手上，在倾盆大雨中穿过城市。他身后的车架子上捆着那个花盆，于是那车、那人、那植物，就浑然一体了，更准确地说，那个弓着背裹在雨衣里的人不见了，只能看见一盆植物坐在自行车上。马可瓦尔多不时地从帽檐下回过头去，直到能看见身后摇曳地滴着雨珠的叶子为止；每一次回头的时候他都觉得这植物变得更高更茂盛了。

马可瓦尔多抱着花盆刚刚进家——一间在屋顶上有窗台的阁楼——孩子们就围着圈叫道：

“圣诞树！圣诞树！”

“什么呀，不是的，你们想到哪儿去了？圣诞节还早着呢！”马可瓦尔多抗议道，“你们小心叶子，这叶子很娇嫩的！”

“在这个家里，光是我们都已经挤得像罐头里的沙丁鱼了，”多米蒂拉嘟囔道，“你现在再抱回来一棵树，我们都要给挤出去了……”

“可这只是一小株植物！搁窗台上就好了……”

从房间里就能看到窗台上植物的影子。晚饭时马可瓦尔多不看着自己的盘子,却总是望向玻璃窗外。

自从他们把地下室换成阁楼以来,马可瓦尔多和他家人的生活质量就提高了很多。但是住在顶楼也有它的麻烦:比如说,天花板时常会漏水。每过一段时间就会滴个四五滴水,而且间隔非常有规律;马可瓦尔多呢,就在滴水的地方放上盆或是平底锅。下雨的夜晚,大家都上床的时候,就能听到雨滴"叮当咚"地落下,这让人不寒而栗,好像是风湿病发作的征兆。然而那天晚上,每当马可瓦尔多从不安的睡眠中醒过来的时候,总是要竖起耳朵去寻找那"叮当咚"声,那就像是什么欢快的音乐:因为这说明雨还在下,还在继续滋养着那盆植物,虽然是细雨,但也没停过,雨水推着树液沿着细细的枝梗流下,把绿叶展成了帆。"明天,我探头出去的时候,就会发现它又长高了!"他这样想。

但是他再怎么想也没有想到,早上他推开窗子的时候,完全不相信自己的眼睛:那植物已经把半面窗户都遮住了,树叶的数量至少翻了一倍,而且不再是沉沉地垂着,而是直直地绷在那里,锋利得就像一把剑。马可瓦尔多紧紧地抱住花盆下了楼,把它捆在机动自行车后的架子上,赶向公司。

雨停了,但天气仍阴晴难定。马可瓦尔多还没下车呢,几粒雨珠子又掉了下来。"这雨对它的好处既然这样大,我还是把它留在院子里好了。"他这样想。

在仓库里，他不时地把鼻子凑到面对院子的窗前。但是他工作分心，仓库主任可不大喜欢。“哎呀，你今天怎么搞的？外面有什么好看的？”

“它又长高了！您也过来看看，维利杰莫先生！”马可瓦尔多向他打了个手势，几乎是低声说的，就好像这植物不该知道似的，“您看，它长得多好！是吧，是长高了吧？”

“嗯，是长高了不少。”头儿承认道，对马可瓦尔多来说，这就已经可以算是公司生活难得会为职工提供的乐事之一了。

星期六到了。这天的工作一点就结束了，工人们要星期一才回来。马可瓦尔多还是想把这植物带在身边，但是已经不下雨了，他也找不到借口了。不过，天并没有晴：滚滚的乌云依然四处散布着。他去找头儿，他们的这个头儿呢，正好痴迷气象学，他桌子上方甚至挂着一个气压表。“天气怎么样，维利杰莫先生？”

“不行，还是不行，”他说，“再说，这边虽然没下雨，但我住的那个区域正在下，我刚给我老婆打过电话。”

“那么，”马可瓦尔多赶紧建议道，“我把这植物带到下雨的地方去转一圈。”他说到做到，这就回去把花盆捆在机动自行车后的架子上了。

于是，星期六的下午和星期天马可瓦尔多是这么度过的：他带着身后的植物，骑着他的机动自行车四处奔波，他不时地观察天空，专门找那些看起来能下得出雨的云，他在大街小巷中穿行着，直到碰上雨区为止。他不时地回头去看那植物，每次回头时都会发现植物又长高了一点：先是跟出租车一样高，接着是跟小卡车一样高，最后甚至是跟电车一样高！叶子呢，也越来越宽了，从叶子上流下的雨珠落到他的雨衣帽檐上，就像在冲淋一样。

现在两只轮子上载着的已然是一棵树了，这棵树在城里奔走着，把警察、司机、行人都弄糊涂了。就在同时，天上的云循着风走过的路线跑，把雨吹到一个个小区里去，但很快就又弃之而去；行人们一个个地把手伸出伞外，接着把伞收起来；马可瓦尔多追着他的云，走过街道、马路和广场，他伏在车把手上，跟着开足马力的发动机突突突地颠簸着，浑身被裹得只剩下凸在外面的鼻子，他身后的植物追着雨的轨迹，就好像是云把雨往后面拽，而雨又被树叶缠住了，于是这一切都被同一股力量拖着跑：风、云、雨、植物、车轮。

星期一的时候，马可瓦尔多空着手来到维利杰莫先生面前。

“植物呢？”仓库主任立马问道。

“外边呢。您跟我来。”

“在哪儿？”维利杰莫问，“我没看见呀。”

“就在那儿！它长高了一些……”他指了指一棵有两层楼高的

树。那植物不再是种在先前的花盆里了，而是被种在一个桶一样的东西里，马可瓦尔多的机动自行车也没了，他不得不弄了辆机动小货车。

“那现在怎么办？”头儿生气了，“我们现在怎么把它弄到门厅里来？它连门都过不了！”

马可瓦尔多耸了耸肩。

“唯一的办法就是，”维利杰莫说，“把它还给苗圃，然后换一盆大小合适的植物来！”

马可瓦尔多于是又坐上车垫。“我这就去。”

他又在城里的路上跑起来。那树用绿叶填满了道路中央。他每到一个路口，都会被担心他影响交通的警察拦下来；然后，马可瓦尔多就跟他们解释，自己为了把这桶植物从路上弄走，正在把它往苗圃送，警察于是放他继续赶路。但是他转啊转啊，总也下不了决心去走那条通往苗圃的路。要和自己成功拉扯大的小家伙分开，他实在不忍心：他这一生中，从这株植物里获得的成就感比从其他任何事儿中获得的成就感都要大。

于是他又继续在小路上、广场上、河边、桥上穿梭往返起来。现在它已经变成某种热带植物了，它不断蔓延，甚至盖过了他的头、他的肩、他的胳膊，直到让他完全消失在那片绿色之中。不管是在大雨倾盆砸下的时候，还是在雨珠越来越稀疏的时候，甚至是在雨完全停下来的时候，所有的树叶、树叶的叶柄，还有它的茎（茎已经是细得不行了）一直都东摇西晃地，就好像是在哆嗦个不停。

雨停了。这时候太阳也快下山了。在路的尽头，在房子的空隙间，落下一种彩虹般朦胧的光线。那植物，在经历了被大雨拔起的那一番奋力迅猛生长之后，现在已经是筋疲力尽了。马可瓦尔多继续漫无目的地开着车，甚至没有发现他身后的树叶一片片地从深绿色变成了黄色，一种金黄色。

马可瓦尔多其实没有发现，当他带着他的植物穿过全城的时候，树后慢慢地跟上了一条由机动自行车、汽车、自行车和年轻人组成的队伍，而且已经跟了好一阵儿了，他们喊着："猴面包树！猴面包树！"伴随着叶子一片片地变黄，他们就颇为欣赏地大叫着："哦——哦。"每当一片叶子从茎上脱落并飞走时，就会有好多只手伸出去抓那叶子。

起风了；金黄色的叶子，一串串儿地、打着旋儿地被吹到空中，飞走了。马可瓦尔多还以为自己身后的那棵树仍旧绿着密着呢，突然——可能是因为发现自己没有挡风的东西了——他转过身去，才发现树没了：那里只有一根细长的杆子，杆子上只留下了一圈圈光秃秃的枝梗，茎的顶部还挂着最后一片黄树叶。因为街道上被那彩虹的光给笼罩着，所以剩下的一切都好像是黑乎乎的：不管是人行道上的人，还是人行道两边房子的立面；就在这片黑乎乎的背景中，上百片亮闪闪的金色树叶在空中飞扬着；上百只红色、粉色的手从那片黑影中伸出来，要去抓那些树叶；金色的树叶却被风扬了起来，飞向那尽头的彩虹，同样扬起来的还有那些手和尖叫声；最后一片叶子也落了下来，它从黄色变成了橘色，接着又变成了红色、紫色、蓝色、绿色，最后又变回了黄色，然后就消失不见了。

冬天

16　马可瓦尔多逛超市

一到傍晚六点，城市就陷入了消费者的手中。整整这么一天下来，从事生产的人一直忙的都是生产：生产消费品。每天一到点，就好像开关切换一般，他们突然都停止生产了，然后呢，走！所有的人都扑去消费了。每一天，在被灯光打亮的橱窗里面，都会及时绽放出花团锦簇般的商品，挂在那里的一串串红色熏肉，像塔一样一直堆到天花板上的陶瓷盘子，像孔雀开屏般展开的、成卷成卷的布料。这不，消费者们闯进了商场，他们要拆毁、吞噬、肆意掠夺那里的一切。一支不间断的队伍沿着人行道、柱廊游动着，再穿过玻璃门延伸到大商场里，围到货架前，他们每个人的胳膊肘都拱在后一个人的肋骨上，就好像活塞运动般敲个不停，队伍正是靠着这种方式前行的。尽情地消费吧！他们摩挲着那些商品，拿起又放下，放下又拿起，有时还会抢起来；尽情地消费吧！人们逼着那些苍白的售货员把一堆堆的家居用品摊在台子上；尽情地消费吧！一团团的彩绳就像陀螺一样旋转着，印着花的纸张像鸟儿抬起翅膀那样，把人们购买到的东西包进一个个大中小不等的盒子里，每个盒子上都给打了个蝴蝶结。接着，那一个个大中小型的盒子，一个个大大小小的袋子打着旋儿地堵在收银台，于是一只只手在小包里掏着小钱包，一根根手指在小钱包里翻找着零钱，在那下面，夹在森林般密集的陌生小腿肚子和大衣下摆之间的，是不再被人牵着手的孩子，他们迷了路，一个劲儿地哭。

就在这样的一个晚上，马可瓦尔多带着全家去散步。因为没有钱，他们的散步也就仅限于观看别人购物；因为钱这个东西吧，周转得越快，那些没有钱的人就越会期待："这些钱迟早都会流通到我的钱包里来的，哪怕只有一点点儿。"然而马可瓦尔多本来就没多少工资，他家里人还多，又要支付各种分期付款和欠债，所以总是钱一到手就哗哗地花光了。总之，光是看看也是不错的，尤其是在超市里逛一圈。

超市是自助的。在超市里有小推车，也就是那种架在轮子上的铁篮子，每个顾客推着自己的推车，并在推车里装满各种商品。马可瓦尔多进来的时候也推了一辆推车，他妻子也推了一辆，然后他四个孩子也是人手一辆。就这样，他们推着各自的小推车加入了购物长队，挤在堆成山的食品货摊前徘徊，指着熏肉和奶酪，念着它们的名字，就好像在人群中认出了朋友或者至少是熟人的脸。

“爸爸，我们可以拿这个吗？”孩子们每一分钟都要问一下。

“不可以，不能碰，这是禁止的。”马可瓦尔多这样说。他时刻提醒着自己，这么一圈转下来，最后等待他们的将是结账的收银员。

“为什么那边那个阿姨能拿呢？”孩子们执意问道。他们看见所有的这些居家女人，到这里本来只是要买两根胡萝卜和一根芹菜的，但面对着搭成了金字塔形的罐子，完全无法抗拒这其中的诱惑，于是“通！通！通！”，她们用一种搞不清是无意还是投降的举动，把装着剥了皮的西红柿酱、装着蜜桃糖浆、装着油浸鳀鱼的各种罐子咣咣当当地扔进了推车里。

总之，如果你的推车是空的，而其他人的推车都是满的，你也是撑不了很长时间的：很快你就会嫉妒，会伤心，然后你就抗拒不了了。于是，马可瓦尔多在嘱咐过老婆和孩子们什么都别碰以后，很快就在货架间的第一条过道那儿拐了弯，避开了全家人的眼光，从架子上拿下一盒海枣，并把它放进推车里。他仅仅想体会一下那种带着海枣逛十分钟超市的愉悦之感，然后像别人一样也展示一下自己买到的东西，最后再把它们放回原来的位置。除了那盒海枣外，还有一个辣椒酱的红瓶子、一袋咖啡粉，还有一袋蓝色包装的面条。马可瓦尔多很确定，自己只要小心行事，就可以享受至少一刻钟那种挑东西的乐趣，而且一分钱也不用付。但是如果被老婆和孩子们发现可就麻烦了！他们肯定很快就会模仿他拿起东西来，到时候还不知道会乱成什么样呢！

马可瓦尔多在组组货架间穿过来穿过去，一会儿跟着忙前忙后的女佣，一会儿跟着穿着皮大衣的妇人，尽量不让家人发现自己的足迹。然而，不管是女佣还是妇人，她们都会时不时地伸出手拿上个黄灿灿、香喷喷的南瓜，或是一盒三角形的奶酪，而他呢，也就跟着她们学。广播里放着愉快的音乐：消费者们跟着音乐的节奏走走停停，时候到了，就伸出胳膊，拿起一个东西，再把它放在推车里，一切都跟着音乐来。

马可瓦尔多的推车里现在堆满了货物；现在他的脚步把他带到了那些没什么人的货架前面；商品的名字越来越难念，它盒子上的图案让人搞不清，这里面装的究竟是莴苣用的化肥还是莴苣的种子，或者就是莴苣本身，或是毒死莴苣上虫子的药，再或是引诱鸟来吃掉那些虫子的鸟食，甚至是生菜沙拉或者烤野禽用的配料。马可瓦尔多反正拿了那么两三盒。

就这样，他在两排很高的货架间走着。突然那路就走到头了，路尽头是很长一片空地，空无一人，那里的霓虹灯把地砖照得通亮。马可瓦尔多一个人站在那里，他的推车里放满了东西，而在那片空地的尽头，就是有着收银台的出口。

马可瓦尔多第一个本能的反应是，低下头，推着他坦克一样的推车赶紧跑走，在收银员按下警铃前带着自己的战利品逃出超市。但是就在那时，从旁边的过道里也冒出了一辆推车，那辆车里的东西比他车里的东西还要多，而推着车的人正是他的妻子多米蒂拉。接着从另一边也冒出一辆推车，菲利佩托正用尽全力地推着车。那是很多条摊位过道的汇聚点，每条过道的出口都冒出马可瓦尔多的一个孩子，每个人都推着一车像货船一般满满的东西。每个人的想法都是一样的，现在在这里碰到了，才发现他们把超市里的每一类商品都各拿了一件，就像给这里所有的货取了样一般。"爸爸，所以我们很有钱，是不是？"米凯利诺问道，"够我们吃一年了，是不是？"

"回去！快点儿！都离收银台远一点儿！"马可瓦尔多一边嚷嚷着一边推着他的食物向后转，赶紧藏到了货架后面；甚至跑了起来，他的身子弓成了两半儿，就像在躲避敌人的射击一样，然后就又消失在货架间了。然而他身后突然轰隆隆地响了起来；他转过身去，只见整个一大家子人，都推着各自火车车厢似的推车，紧跟着自己狂奔而来。

"真要是结账了，他们能问我们要上百万里拉！"

超市很大，而且庞杂交错，就跟迷宫一样：在里面能转上好几个小时。那里陈设出来的储备又那么多，马可瓦尔多和家人甚至可以不用出来，直接在那里面过冬就行。但是这时广播里的通知中断了音乐，有个声音说道：“大家请注意！再过一刻钟，本超市即将关门！请大家尽快去收银台结账！”

要把车里东西处理掉的时刻到了：现在再不处理以后就再没机会了。被广播召去付账的顾客突然跟发了狂似的，就好像全世界就这么一家超市了，而这家超市从明天起就再也不开门似的，超市里乱作一团，大家不知道是要把剩下的东西都拿走呢，还是就把东西留在那里，总之货架周围那就是一个挤，而马可瓦尔多和多米蒂拉以及孩子们则趁机把商品再放回货架上去，或者干脆丢到别人的推车里。他们把商品放回去的时候也比较随便：粘蝇纸放到了火腿肉的架子上，卷心菜放到了蛋糕的架子上。一位女士推着一辆睡着婴儿的小推车，他们没注意，把婴儿车当成了购物车，还往里面塞了一瓶红葡萄酒。

他们甚至还没有品尝一下自己拿上的东西，就又要把东西放回去了，这种感觉可真是痛苦得让人想哭。于是，就在他们放回一管蛋黄酱的时候，如果手边正好有一把香蕉，他们也会拿回来；再或者是把尼龙长柄刷子放回去的时候又摸上来一只烤鸡；这样一来，他们推车里的东西拿出去的越多，放回来的也越多。

他们一家人推着他们的储备在旋转梯上上下下地跑着，在每一层的每一个角落总能碰到一个站岗似的女收银员，守在某条必经通道的对面，仿佛举着一挺机关枪似的举着一台噼啪作响的计算器，对准了所有看上去正准备出去的顾客。马可瓦尔多和家人这么逛着逛着，却越来越像是被关在笼子里的野兽，或是被囚在灯火通明、墙上镶着彩色嵌板监狱里的犯人。

有一面墙上的嵌板给揭掉了，取而代之的是一架木梯、几把锤子，以及其他一些木匠或泥瓦匠的工具。一家建筑公司正在给超市搞扩建。一到下班的时间，工人们手上的活儿一丢，就全都回家了。马可瓦尔多推着身前的一车储备，穿过了墙上的那个洞口。洞外面黑黢黢的一片；他继续往前走着。一家人于是也都推着车跟在他后面。

推车的橡胶轮子先是在一条被掀掉路面的路上颠颠簸簸地滚着，有的地方还有些沙子，然后那路就成了一块块已经断裂的木板。马可瓦尔多在一块木板上平稳地走着，其他人都跟着他。突然间，他们发现自己的前方、后方、上方、下方都洒满了来自远方的光，他们的周围是空的。

原来他们是在一座七层楼高的脚手架木板上。城市在他们的下方呈现出来，光芒四射，这光来自一扇扇窗户，来自一块块霓虹灯招牌，来自一道道电车上天线的电光闪现；再往上看去，是繁星密布的夜空，还有广播电台天线上的红色小灯。脚手架在所有那些胡乱堆在一起货品的重压下晃来晃去。米凯利诺说："我怕！"

这时从黑暗中升起一团黑影。那是一张很大的、没有牙的嘴，正沿着自己长长的金属脖子向前伸着，并在缓缓地打开：原来是一辆吊车。这张嘴在他们上方徐徐落下，停到他们的高度，这张嘴的下颌顶住脚手架的边缘。马可瓦尔多把推车斜了一下，把里面的货品倒在铁嘴巴里，往前跨了一步。多米蒂拉也照着他这样做了。孩子们呢，当然也模仿了父母的做法。吊车把嘴合上，那嘴里全是从超市里缴获的战利品，滑轮吱吱嘎嘎地转着，吊车收回了脖子，慢慢地远去了。底下，一组彩色的字母打着转地亮着，正在邀请人们来这家大型超市里买东西。

春天

17　烟、风和肥皂泡

每天，邮差都会在楼里住户的信箱里放进几个信封；唯独马可瓦尔多的信箱里从来就什么都没有，从来也不会有人给他写信，如果不是那些强制缴纳电费和煤气费的单子，他的信箱真是一点儿用也没有。

“爸爸，有信！”米凯利诺叫了一声。

“什么呀！”马可瓦尔多答道，“还不是那些广告！”

所有的那些信箱里都塞着一张折起来的蓝黄色相间的纸。上面说在所有的同类产品中，最好的肥皂水就是“白太阳”牌的；还说只要出示这张蓝黄色的纸，就能获得免费样品。

这纸又细又长，有些纸戳到信箱口外面来了；其他还有一些给搓成了一团儿被扔在地上，还有一些只是有点儿皱，因为很多住户打开信箱的时候习惯把广告纸扔出去，因为太占地方。菲利佩托、皮埃特鲁乔，还有米凯利诺，从地上捡几张，再从信箱缝里抽几张，有时甚至是用铁丝从信箱里钩几张出来，就这样收集起“白太阳”牌的赠券来。

“我的多！”

“不可能，你再数数！我们打赌看是不是我的券儿更多！”

“白太阳”牌的广告宣传遍布了整个小区，家家户户，没有一家漏过的。于是三兄弟也就跟着跑遍了整个小区来囤积赠券。有些看门人会嚷嚷着赶走他们：“淘气鬼！你们来偷什么东西？我可要打电话给保安了啊！”而其他看门人呢，看到他们却蛮开心的，因为这样一来就有人把每天堆在那里的纸给弄干净了。

晚上的时候，马可瓦尔多那两个可怜的房间就塞满了“白太阳”蓝黄色的纸；孩子们把这些纸数来数去，然后把它们堆成一摞一摞的，就像银行里的出纳员数钞票时那样。

“爸爸，如果我们有很多券的话，我们是不是就能开一家洗衣店了？”菲利佩托问。

那些天，洗衣粉制造界内掀起了轩然大波。“白太阳”的广告宣传把其他的竞争公司弄得很紧张。为了推销自己的产品，其他公司开始往城里的每一个信箱里塞小票，人们凭着这些小票，就可以领到分量越来越多的免费样品。

于是马可瓦尔多的孩子们在接下来的这几天忙得不可开交。

信箱每天早上都会像春日里的桃树一样绽放：那些上面画着绿色、桃红色、天蓝色和橘红色图案的小票，向所有会使用金泡牌、亮洗牌、黎明牌和净衣牌洗衣粉的客户承诺洁净的洗涤。对于孩子们来说，收集到的小票、赠券种类越来越多样化。同时他们也扩大了收集的领地，有时会扩展到其他街道的楼道里。

自然，这个举动是不可能不被注意到的。邻居家的孩子们很快就明白了米凯利诺和他的兄弟整天搜寻的究竟都是什么玩意儿，于是，那些他们从来就没有正眼看过的纸张很快就变成了一种大家都渴求的战利品。有那么一段时间，各个帮派的淘气鬼之间很敌对，在这个小区还是在那个小区收集广告纸变成了各种纠纷和争执的主要缘由。然后，经过了一系列的交换和谈判，他们终于达成了一致：有组织的狩猎会比胡乱的抢劫更有利可图。于是这事儿变得有条有理起来，每当送洁精牌或者速清牌的人来各个门洞里塞广告纸的时候，他的行踪都会被步步侦察并紧紧跟随，那些材料一被分发出去很快就会被淘气鬼们收走。

谁来指挥各种行动呢？自然是菲利佩托、皮埃特鲁乔和米凯利诺，因为这个主意起初就是由他们想起来的。他们甚至说服了其他的孩子，说这些小票是公共财产，应该统一保管。“就跟银行一样！”皮埃特鲁乔进一步解释道。

“我们是洗衣店或是银行的老板吗？”米凯利诺问道。

"不管是什么,我们都是百万富翁!"

孩子们兴奋得甚至晚上都睡不着觉,不住地计划着将来:

"我们只需要去兑换所有的样品,就能攒到很多很多的洗衣粉了。"

"可是放哪儿啊?"

"我们得租一个仓库!"

"为什么不租一艘船啊?"

这广告吧,就跟鲜花和水果一样,是季节性的。几个星期以后,洗衣粉的季节过去了,信箱里只有一些治鸡眼的广告。

"这种我们也要收吗?"有人提问。但是集中力量赶紧把那些积累起来的财富兑换成洗衣粉的意见占了上风。这也就是说,他们得去指定的商店用赠券换样品,一张券换一包:但是这个看起来极为简单的计划新阶段,操作起来却要比之前那个阶段要漫长和烦琐得多。

这些行动需要分头执行:每个孩子一次只能去一个店。一次甚至能带上三四张条子,只要牌子不同就行了,如果店员只肯给一种牌子的样品,其他牌子不给的话,那么就得说:"我妈妈几个牌子都想试一试,看哪个牌子更好。"

但是有些时候会麻烦一些,因为在很多店里,只有消费了才能获得免费样品;妈妈们从来没有见过孩子们这么想被差使到杂货铺买东西。

总之，把赠券转换成商品的过程拖了很久，而且带来了额外的花费，因为妈妈给他们用来买东西的钱很少，而有待巡逻的店铺却很多。为了搞到足够的资金，他们不得不立即进入计划的第三阶段，把已经领到的洗衣粉再卖出去。

他们决定去一家一户地按门铃，推销洗衣粉。“阿姨！您感兴趣吗？洗得那叫一个完美！”接着就赶紧把“速清”的盒子或是“白太阳”的袋子递过去。

“好的，好的，给我吧，谢谢啦。”有的阿姨接过样品，说罢就猛地关上门，门都快砸到他们脸上了。

“什么？钱呢？”他们一个劲儿地捶起门来。

“付钱？不是免费的？滚滚滚，淘气鬼！”

的确，就在那几天，很多牌子的代表都在挨家挨户地赠送免费样品：由于赠券、小票的宣传没有什么成效，整个洗衣粉行业发动了一股新的广告攻势。

马可瓦尔多的家就好像是间杂货铺，里面装满了洁精、净衣、亮洗牌的产品，但是这些货却连一分钱也造不出来；这些都是送的，就像喷泉里的水一般。

自然，这些洗衣粉的公司代表很快就听到了风声，说是有些小孩儿跟他们走着同样的路线，正在家家户户地兜售那些他们恳请客户免费收下的产品。在贸易界，常常会出现悲观主义的思潮：大家开始说，人们对那些白送他们洗衣粉的人说不知道该拿这洗衣粉怎么办，却从让他们付钱买洗衣粉的人那里购买洗衣粉。于是不少公司的调研部聚在一起开了个会，他们咨询了“市场研究”的专家：最后得到的结论是，如此无信义的竞争局面只可能是那些被盗商品的窝藏者造成的。警方在收到对这些未知肇事者的合法告发后，开始对整个小区的小偷和赃货窝藏点进行搜查。

于是洗衣粉随时都会变得像甘油炸药一样危险。马可瓦尔多怕了：“我们家连一丁点儿洗衣粉也不能留！”但是又不知道该把这些洗衣粉往哪儿放，因为没人想把它弄到家里。最后决定由孩子们去把这些洗衣粉投到河里去。

于是，那天拂晓前，桥上来了一辆装满了金泡和亮洗牌洗衣粉盒子的小车，皮埃特鲁乔在前面拉着，他的小兄弟们在后面推着，旁边是另一辆相同的小车，由他们对面门房的儿子乌古奇奥内拉着，然后还有很多很多其他的小车。他们走到桥的中间时停住了，等一个回头看看究竟的好奇的骑车人过去后，只听到一声“扔！”，米凯利诺就开始把装着洗衣粉的盒子往河里扔。

“你笨啊！你没看见盒子漂在河面上吗？”菲利佩托叫道，“你得把盒子里的洗衣粉往外倒，不是扔盒子！”

于是，从那一个个开口的盒子里，柔柔地降下一团白雾，落在河流上，起先好像被河水吸进去了，接着伴随着许多小泡泡又浮现出来，然后就像是沉到河底去了。“这样就可以了！”于是孩子们继续十公斤十公斤地往桥下投洗衣粉。

“快看，你们看那下面！”米凯利诺一边大叫着，一边指着河谷。

桥前面不远处有一段急流。那里的河要下一个小坡，小泡泡看不到了；然后在更底下的地方重新冒了出来，但是现在变成了很大的泡泡，它们一个个地被从下面挤上来，越胀越大，一道肥皂水滚出来的浪越涨越高，越变越大，那泡沫都已经升到下坡前河滩的高度了，白花花的一片，就好像理发师用刷子拌好的那碗东西一样。仿佛所有竞争品牌的洗衣粉，都在固执地比试各自的起泡能力：河里溢满了肥皂水，一直涌到码头边，而天微微亮时就已经踩着捕鱼靴、站在河里的渔民，赶紧把钓鱼线收了回来，逃似的跑开了。

这清晨的空中吹起一丝风。一串泡泡从河面上脱离开来，轻盈地飞啊飞啊，最后飞走了。因为还是拂晓时分，泡泡都染上了粉红色。孩子们一边看着泡泡高高地飘过他们的头顶，一边喊道：“哇……”

泡泡顺着城市上空那些看不见的气流轨道飞着，待飞到屋顶那个高度便涌进条条道路中，并总能避开与棱角和屋檐的触碰。现在紧实的泡泡串儿散开了一些：所有的泡泡都陆续地、自顾自地飞走了，每一个泡泡都因为高度、轻盈度和线路的不同而走上了不同的航向，在半空中游来移去。就好像这些泡泡变多了；更准确地说：真是这样的，因为那河仍在继续往外吐着泡沫，就好像炉子上烧着的奶壶一样。而风呢，风把这一场泡沫堆成的盛宴托到了高处，泡泡拉长了，变成了彩虹色的环状物（太阳已经爬过了屋顶，斜射的阳光掌控了整座城市以及那条河），于是这些泡泡越过了电线和天线，慢慢侵入天空中。

工人们深色的身影骑在突突作响的机动自行车上朝工厂奔去，翱翔在他们上方那一片如蜂群般绿色、粉色、蓝色的泡泡紧紧地跟着他们，就好像他们每一个人的车把手上都系着一根长长的线，线的那一头、拖在身后的是一串串的气球。

这番情景是从电车上被发现的："大家快看啊！嘿！大家快看呀！那上头是什么东西啊？"电车司机把车停下，下了车，乘客也都下来了，望向空中，自行车、机动自行车、汽车、卖报人、面包店老板、所有早上行色匆匆的行人，以及夹在他们中间、正赶去上班的马可瓦尔多，他们所有人都停了下来，仰着头追寻那些肥皂泡的行踪。

"不会是什么原子弹一样的东西吧？"一个老太太这么问道，恐慌瞬间在人群中蔓延开来，还有人看到肥皂泡落在自己身上时一边逃着一边嚷道："有辐射！"

那轻盈而脆弱的彩虹色泡泡继续飘舞着，只需要轻轻一吹，噗！就没踪影了；于是，这警报是拉响得快，解除得也快。“什么辐射不辐射的啊！就是肥皂水！小孩玩儿的那种肥皂水！”就这样，一阵狂欢席卷了人群。“你看那个泡泡！那个！还有那个！”他们看到，那些飞舞的泡泡大到了不可思议的尺寸，因为如果泡泡碰上泡泡了，就会合并在一起，变成原来的两倍甚至三倍大，而天空、屋顶还有那些摩天大楼通过这些透明的圆盖，呈现出以前从未见过的形状和颜色。

这时，各个工厂的烟囱，跟每天早上一样，也开始喷吐黑烟了。于是如蜂群般的泡泡就遇上了黑烟的云团，天空就被分成了黑色的烟流和彩虹色的泡沫流，在阵阵旋风中，这两股流就好像在争斗一般，而且有那么一阵儿，就那么一阵儿，烟囱顶好像是被泡泡征服了，但很快这两股流——困住了泡沫彩虹的黑烟和圈住了黑斑颗粒帷幔的泡泡球——就又搅和在一起了，它们搅得如此不分你我，以至于都搞不清是怎么个情况了。直到后来马可瓦尔多无论怎么在天空中找，都再也看不到泡泡了，他能看到的只有黑烟，黑烟，还是黑烟。

18 属于他一个人的城市

人们一年中有十一个月都非常热爱自己的城市，如果把他们的城市从他们的生活中拿掉，那肯定得出大事儿：什么摩天大楼啊，什么卖香烟的啊，什么全景银幕电影院啊，这些都是它那不竭魅力不可争议的理由。城里唯一一个无法确定给出这种感情的居民是马可瓦尔多；但是他心里想的吧——首先——因为他不是特别会说话，所以就无从得知了——其次——他也不是那么重要，所以知不知道也就无所谓了。

一年这么过着吧，突然就到了八月份了。就这样，大家的感情世界会同时经历一个变化。突然谁都不喜欢自己的城市了：还是同样的摩天大楼，同样的地下人行道，同样的停车场，这些直到昨天还被无比热爱的地方突然变得讨厌而令人恼火。人们唯一希望的就是尽快离开这里：于是，火车几度爆满，高速公路也堵上了，到了八月十五日[①]那一天，几乎所有的人都离开了这里。除了一个人。马可瓦尔多是唯一一个没有离开城市的居民。

这天早上，他出门去市中心散步。他眼前的马路宽敞无垠，街上连一辆车也没有，空无一人；街上房子的正面，不管是落下的一排篱笆般的灰色金属卷帘门，还是无边无际的百叶窗条，都像碉堡前的斜坡那样紧闭着。在一整年的时间里，马可瓦尔多一直梦想着能把这马路当马路使，也就是能走在路中央：今天他终于能这么做了，而且还能闯红灯，斜着穿过马路，或者停在广场正中央。但他也明白，这其中的乐趣并不是在于能做这许多不同寻常的事情，而是在于能以另一种方式来看这一切：马路就像是深谷，或者干涸的河床，房子就像是成片的峭壁，或是礁石的岩壁。

当然，在视觉上显然是缺了一些什么的：缺的倒不是成排停着的车子，或是路口处的交通堵塞；也不是大商场门前的人流，或是挤在电车站安全岛上的人们。为了能把空下的地方填满，或是为了能把那些方方正正的平面弄弯，所缺的最好是一场水管爆裂造成的水灾，或者是把林荫道路面劈开的树根入侵。马

① 八月十五日是圣母升天节，国家法定休假日。但意大利人一般从七月底、八月初就开始休假了，往往放到八月末。

可瓦尔多的目光仔细打量着周围，希望能看到一个不同的城市，一个在由油漆、焦油、玻璃和灰泥构建的城市下，另一个由树皮、鳞叶、树液凝块、脉序构成的城市。可不，他面前这排每天都要经过的房子如今在他看来就好像是个多孔、沙质的灰色石子堆；而工地上的栅栏就好像是新鲜松木做的，上面有着宝石般的木节；在一家大型布料店的霓虹灯招牌上，休息着一排睡着了的蛾子和蛀虫。

就好像是这座城市刚被人类抛弃，就被直到昨天还隐秘居住、今天却占了上风的居民所统治：马可瓦尔多散着步，先是跟了一阵一列蚂蚁走出的路线，然后因为追随了一会儿一只迷路甲虫的飞舞而跟丢了蚂蚁，接着又因为循着一条蚯蚓曲曲折折的庄严前行而耽误了点儿时间。正在侵占这块阵地的不仅仅是动物，马可瓦尔多发现，报亭朝北的那一面墙上，长出了薄薄的一层苔藓，而餐厅门前花盆里的那些小树正在努力地把自己的树叶往人行道阴影的边框外推。城市还存在吗？那个曾经囚禁了马可瓦尔多一天天生活的城市，那个由各种合成材料堆成的凝聚物，现在变成了性质各异的马赛克石片，由于硬度、热度和质地的不同，每一块石头不管是看上去还是摸起来，都非常地不同。

就这样，就在马可瓦尔多忘记了人行道和斑马线的作用，像蝴蝶那样照着“之”字形路线走着的时候，差点儿被一辆时速一百公里的“斯派德”[1]给撞上，那车停下来的时候，散热器离他臀部仅有一毫米。马可瓦尔多一半是给吓的，一半也是给气流冲的，往上蹦了一下，又昏昏沉沉地跌在地上。

只听见汽车“刺溜”一声尖响，原地打了一会儿转才停下来。然后从车里跳出一群衣着随意的小年轻。“这下我得挨揍了，”马可瓦尔多这么想着，“因为我走到马路正中央去了！”

这群小年轻背着奇怪的器具。“我们终于把这个人给找到了！终于找到了！”他们这么说着，团团围住马可瓦尔多。“那么，这位就是，”他们中的一个握着一根银色的小棍，对着嘴巴这样说道，“在圣母升天节这天唯一一个留在城里的人。这位先生，不好意思啊，您想对电视机前的观众们谈谈自己的感想吗？”接着那人就把银色的小棍举到了马可瓦尔多的鼻子下面。

然后就闪出了一道光，刺眼得能把眼亮瞎，那光同时还产生了很多的热量，烘得人就像在烤箱里一样，马可瓦尔多感到自己快要晕过去了。他们把反光板、摄像机和麦克风对准他。他支支吾吾地说了点儿什么，可他每说三个音节，那个年轻人就会把话抢过来，把麦克风拧到自己跟前：“啊，所以，您是想说……”然后自己说上个十分钟。

① 意大利汽车制造商阿尔法罗密欧最经典的车系之一。

他们终归还是采访了他。

“那么现在,我可以走了吗?”

“那是那是,当然,我们非常感谢您……这样吧,如果您没有别的事儿……如果您想赚个几千里拉……您愿不愿意留在这儿给我们搭把手?”

整个广场都给折腾得乱七八糟的:货车、器械车、轨道摄影机、蓄电池、照明设备,穿着工作服的一组组工作人员,一个个都大汗淋漓的,他们在广场的两头踱来踱去。

“她到了,到了!到了!”这时,从一辆敞篷车里走出来一个电影明星。

“加油,大家伙,咱们现在可以开始拍喷泉那一场了!”

电视节目《圣母升天节的狂热》的导演开始下令开拍跳喷泉那场戏,在这场戏里,那个著名女星得跳进他们城市最主要的喷泉里。

他们给小工马可瓦尔多安排了一个活儿,他得扛着带有沉沉支架的聚光灯满广场地跑。现在偌大的广场上响起了各种机器的轰鸣声和各式照明器材的噼噼啪啪声,时不时还能听到锤子敲在临时搭建的金属支架上叮叮当当的声音,以及各种使唤人的嚷嚷声……马可瓦尔多现在就跟瞎了似的,几乎失去了视觉,他觉得那个自己只隐约看到了片刻的那个城市又被平日的城市取代了,或者也许只是梦到了。

秋天

19 顽固猫咪的小花园

猫的城市和人类的城市是一个包含着另一个的，但它们并不是同一个城市。只有极少的猫还记得那段两个城市之间没有差别的岁月：那时候，人类的街道和广场也是猫的街道和广场，草地、庭院、阳台、泉池也都是共享的：那时候，大家都生活在一种宽阔而多样的空间中。但是最近几代以来，这些家养的猫科动物已经被这个不可居住的城市所囚禁：马路上的交通是致命的，奔驰的汽车川流不息，随时都会把猫轧扁；以前每一平方米的土地上，都会有个小花园、一片空地，或是建筑的废墟遗址，然而现在城里却处处高耸着房子、居民楼和崭新的摩天大楼；每一个通道都停满了车；庭院一个个地，要么是被钢筋水泥板覆盖住了，要么是变成了车库或者电影院，或是货品的仓库和车间。之前，那些矮矮的屋顶、拱顶花边、观景楼、蓄水槽、阳台、天窗、金属棚就像高原一样，高低起伏，连绵不绝，可如今，在每一个可以加高的房子上都建上了加高层：在路面最底处和如天一般高的顶楼之间的错落消失了；新一代的猫们徒劳地寻找着祖先的行踪，寻找着可以从栏杆上柔软地跳到上楣和檐沟上的落爪处，寻找着可以让它们敏捷攀爬到房顶上的支撑点。

但是，在这个任何空隙都会很快被填满、任何水泥块都会很快和其他水泥块合并在一起的垂直的、被压缩的城市里，同时也出现了一个和这个城市相对的另一个城市，一个反面的城市，一座由墙与墙之间的条条间隙、两座楼左右前后被建筑条款规定留有的最小间距构成的城市；一座由间隙、天窗、通风管、车道、室内小广场、地下室入口构成的城市，就好像在灰泥和沥青做的星球上，铺着一张干涸的运河组成的网，猫这个古老的物种，正是在墙与墙之间夹着的这张网中奔窜着。

马可瓦尔多为了打发时间，偶尔会跟着一只猫。也就是在从十二点半下班到三点上班的那个空当中，当其他同事都回家吃饭的时候，马可瓦尔多——他每天都用包自己带午饭——在仓库的箱子中间，摆开餐具吃起饭来，他嚼完饭，抽上半根托斯卡纳雪茄，一个人懒懒散散地在那附近转悠，等着重新开工。在那几个小时里，从一扇窗子里探出脑袋的猫咪总是颇受欢迎的陪伴，也是探索新世界的导游。马可瓦尔多和一只胖嘟嘟的虎斑猫交上了朋友，这猫脖子上系着一个蓝色蝴蝶结，肯定住过什么有钱人的家。这只猫和马可瓦尔多有一个共同的习惯，那就是一吃完饭就得散散步：自然而然地也就产生了友谊。

跟着这位虎斑朋友，马可瓦尔多也开始像猫那样通过它们圆圆的眼睛观察各个角落，尽管他公司周遭的环境还跟以前一样，但是现在以猫的眼光来看，这些地方好像也成了什么猫类故事里的场景，而这场景间的改换也只有通过猫那毛茸茸而轻盈的爪子才能实现。尽管这个区域从外面来看好像没什么猫，但是马可瓦尔多每天散步的时候总会认识些新面孔，只消一声喵喵叫，一口吐气，一次弓背炸毛，都能让他明白它们之间的关系怎么样，是在合谋什么，还是在你争我斗。在那时，他会相信自己已经参与了那些猫科动物社会中的秘密：他也能感到自己在被那些眯成了一道缝的瞳孔仔细观察着，被那些如天线般绷紧的胡须监视着，所有的猫都像斯芬克斯那样不可捉摸地端坐在他周围，它们那个粉色的三角形小鼻子与黑色的三角形小嘴巴是连在一起的，只有耳朵尖儿在动，像雷达那样微微颤动。就这样，马可瓦尔多来到了一条窄道的深处，巷子两边的墙都没有窗子，惨惨淡淡的：马可瓦尔多看了看四周，发现所有那些把他一直带到这个地方的猫全都不见了，而且是一起消失的，都不知道是从哪儿消失的，就连他的虎斑朋友，也把他一个人丢在那里。猫的王国有着它们不想让他发现的疆域、仪式及习俗。

作为补偿，猫的城市也会向人类的城市打开一道道料想不到的小口子：有一天，正是他的虎斑朋友领他去发现比亚里茨大饭店的。

谁要想看比亚里茨大饭店，必须要有着猫的大小，也就是说要趴到地上去。用着这种姿势的人和猫就这样，围着一种类似于教堂圆顶的建筑前行着，在这个圆顶的脚下，有一些矮矮的、矩形的小窗户。马可瓦尔多照着虎斑朋友的样子，也往下望了望。底下那个豪华大厅正是通过这些撑开的玻璃天窗来捕捉光线、更换空气的。伴着茨冈人[①]的小提琴声，那烤成了金色的山鹑和鹌鹑，被穿着燕尾服的服务生那戴着白手套的手指稳稳地举在银制托盘里，在大厅里绕来绕去。或者，更准确地说，是扣在山鹑和野鸡上的托盘在绕来绕去，托盘上面是服务生的白手套，光滑的地板悬在空中，晃来晃去，被服务生的漆皮鞋踩在脚上，地板上垂挂着装在花瓶里的丛椆、桌布、玻璃器皿，以及因为装了一瓶类似于钟锤的香槟酒而活像一口钟似的冰桶：所有的东西从马可瓦尔多那个角度看，都是反过来的，因为他怕自己被人发现，于是不敢把头探到窗户里面去，而仅仅是在斜开着的玻璃窗上反射出来的成相中观

---

① 尤指住在多瑙河地区的吉卜赛人。

察着大厅。

但猫感兴趣的不是大厅里的天窗，而是厨房上面的窗户：往大厅里望去，远远地能看到在厨房里的那些东西，就好像是变了样子一般——非常实际并且是触爪可得的，比如什么被脱了毛的禽类，或是一条新鲜的鱼。这位虎斑朋友正是要把马可瓦尔多往厨房那个方向带，至于原因嘛，如果不是什么无私友谊的表示，就很可能是因为它希望这个人在他的这次突然闯入中可以帮得到它。然而马可瓦尔多可不想离开这个可以欣赏大厅的观景台：一开始的时候，他只是被环境的奢华迷住了，后来是因为那里确实有什么东西吸引了他的注意力。这种好奇心甚至战胜了怕被发现的胆怯，他继续把脑袋往下面探。

在大厅中央，正好就在他那扇窗户下面，有一个小小的玻璃鱼池，就好像什么鱼缸一样，里面游着肥肥的鳟鱼。就在那时，一位贵客靠近了鱼池，他那秃秃的脑袋油亮油亮的，这人一身黑衣，长着一脸黑色的络腮胡子。一个上了年纪的、穿着燕尾服的服务生跟在他后面，服务生手里握着一个小网子，就像是要去捉蝴蝶一样。身着黑衣的先生仔细地看着鳟鱼，表情慎重而小心；然后他抬起一只手，以一种缓慢而庄严的姿势指了指其中的一条鳟鱼。服务生于是把小网子浸到鱼池里，去捞那条被选中的鱼，逮住鱼后，就径直走向厨房，他举着那个网子的架势就像举着长矛一般，网子里的鱼正在使劲地挣扎着。那个黑衣男人严肃得就像大法官一样，给鱼判了死刑后，回到自己的座位上，等待着那条被裹着面粉煎过的鳟鱼再回到自己的桌子上。

"如果我能找到什么办法，往这下面扔一根钓鱼线，然后让一条鳟鱼上钩就好了，"马可瓦尔多这么想，"我这也不能被指控为偷窃，顶多就算是未被许可的垂钓。"于是他也不管那只猫从厨房那头传来的喵喵叫唤了，而是忙着去找他的垂钓用具了。

在比亚里茨大饭店熙熙攘攘的大厅里，没有一个人发现一条挂有鱼钩、鱼饵的细细长线正从天而降，一直降到了鱼池里。但鱼们却看见鱼饵了，一个个全往上扑。在一片混乱中，一条鳟鱼咬到了鱼饵：很快这鳟鱼就开始往上升，升出了水面，扭闪着银色的鱼鳞，越过备满盛宴的酒桌和摆着餐前菜的小推车，越过做柳橙可丽饼的蓝色火炉，升向高处，然后消失在窗户格里的天空中。

马可瓦尔多使出了钓鱼老手收竿子时用的力道，竿子一弹，鱼飞到身后去了。那鱼一落地，猫就扑了上去。鱼还剩下的那一小口气很快就消失在了虎斑朋友的牙齿间。马可瓦尔多刚扔下钓鱼线要去逮鱼，却眼瞅着那条鱼衔着鱼钩以及那一整套东西从自己鼻子底下被带走了。他及时一脚踩住了鱼竿，但因为扯得过猛，剩下的只有那根鱼竿了，而那位虎斑朋友呢，却叼着鱼跑了，鱼的嘴里还拖着钓鱼线。这个猫叛徒！一下就不见了。

但这一次他不会跟丢了：那条长长的钓鱼线跟着猫，指明了它走的是哪条路。虽然猫是没了踪影，但马可瓦尔多可以跟着线头走：这线头滑上了一面墙，翻过了一个小阳台，在一个大门前蛇行了一段，又钻进了一个地下室里……马可瓦尔多慢慢深入那些越来越适合猫生存的地方，他攀上屋檐，翻过栏杆，总是——虽然有时是在消失的前一秒钟——能用目光捕捉到那个活动着的踪迹，正是这踪迹向他指明了偷鱼贼的去路。

现在这条线曲曲折折地前行到一条路的人行道上，来到了马路中央，马可瓦尔多紧跟在后面，几乎就要追上并抓住线头了。他猛扑到地上；好了，逮着了！就在线头快要溜进一扇栅栏门间的时候，他抓住了线头。

在这扇锈了一半栏杆的栅栏门和两小堵被攀缘类植物爬满的墙头后，有一个荒芜的小花园，花园尽头是一个貌似无人居住的小房子。干枯的树叶像地毯一样盖住了路面，两棵梧桐树下的枯树叶落得到处都是，甚至在花坛里堆出了座座小山头来。一个装着绿水的水缸里也浮着一层树叶。这个小花园的周围耸立着巨型的建筑，以及有着成千上万扇窗户的摩天大楼，这些窗户就好像一双双眼睛，谴责似的盯着那一小块长着两棵梧桐、搭了几块砖瓦，以及铺了很多枯树叶的空地，在一个交通繁忙的居民区中央幸存下来的一小块地。

在这个小花园里，有的猫栖息在柱头和栏杆上，有些猫躺在花坛的枯树叶上，还有些猫攀在树干和屋檐上，它们或四腿静立、尾巴伸得就跟个问号似的，或坐在那里舔洗自己的口鼻部，这里面有虎斑猫、黑猫、白猫、三花猫、叙利亚大理石猫、土耳其安哥拉猫、波斯猫、家猫、野猫、香喷喷的猫，还有长着癣疮的猫。马可瓦尔多明白自己终于来到了猫王国的中心，来到它们的秘密之岛了。他一激动，差点儿都忘了自己是来捉鱼的。

那鱼呢，因为钓鱼线挂在一棵树的树枝上了，就那么吊在连猫跳起来也够不着的半空中，可能是那只偷了鱼的猫为了防止这鱼被其他猫吃到，或是在向其他猫展示这个绝妙战利品的时候，手忙脚乱地，就把嘴里衔着的鱼搞丢了；那线缠得乱七八糟的，马可瓦尔多不管怎么扯都没能把它弄下来。与此同时，为了去够这条它们怎么也够不着的鱼，或者更准确地说，仅仅是为了争取试着够那条鱼的权利，众猫之间也展开了一场激烈的争斗。每只猫都想阻止别的猫去跳：它们一个扑到另一个的身上，跳起来互相撕打，纠缠着滚作一团，同时还伴随着嘶嘶声、呻吟声、呼哧呼哧声、惨兮兮的喵喵声，终于，所有的猫都被拉进争斗了，满地的枯树叶被这场争斗卷得噼里啪啦直打转。

马可瓦尔多在徒劳地拽了很多次以后，发现钓鱼线被解开了，但他往回抽线的时候非常小心：鳟鱼如果掉下来，将掉在那群发狂的猫科动物混战的正中央。

就在这时，从花园墙头上方下进去一阵奇怪的雨：鱼刺、鱼头、鱼尾，还有一些鱼肺和内脏。那些猫立马就对挂在那儿的鳟鱼没兴趣了，都扑过去抢新的食物了。对马可瓦尔多来说，这是把钓鱼线和他的鱼收回来的最佳时刻。但是，他还没来得及行动，从小别墅的百叶窗里突然伸出两只枯瘦的黄手：一只手挥着把剪刀，另一只手端着口平底锅。挥着剪刀的那只手摸到鳟鱼的上方，端着锅的那只手呢，伸在鱼的下方。剪刀剪断了钓鱼线，鳟鱼掉进了锅里，然后手、剪刀和锅就撤了回去，窗户又关上了：整个过程不超过两秒钟。马可瓦尔多傻了。

"您也是猫的朋友吗？"马可瓦尔多身后传来的声音让他转过身去。他突然间被一群小女人围住了，有些已经相当地老了，发型都是那种早就过了时的，其他那些年轻点儿的呢，脸上也是一副老处女的神气，所有人的手里、包里，都有着装了剩肉、剩鱼的纸包，有的人甚至还揣着装着牛奶的小锅。"您能帮忙把这一小包东西扔到栅栏那头去吗？都是给那些可怜的小家伙吃的。"

猫的这些朋友每天都会在这个点聚在枯树叶的花园周围，给她们的宠物送吃的过来。

"可是你们能跟我说说，为什么这些猫全住在这里吗？"马可瓦尔多顺便打听打听情况。

“您觉得它们能去哪儿？就剩下这个小花园了！这些猫有的甚至是从好几公里以外的小区来的……”

“鸟儿也是一样，”另一个女人接着说，“这些树上的鸟也是飞上了好几百公里，仅仅是为了能住在这几棵树上……”

“还有青蛙，全都躲在那个水缸里，夜里呱呱呱呱地叫个不停……附近居民楼八楼的人都能听得见……”

“这幢小房子是谁的呀？”马可瓦尔多问。现在栅栏外不只是那些小女人了，还有一些别的人：对面加油站的工人、车间里的伙计、邮差、卖菜的，还有些行人。所有的人，不管是男的还是女的，都是不请自答：但凡涉及那些容易引起争议的神秘话题，每个人都有自己的一套说法。

“住在这里的是一个女侯爵，但谁都没有见过她……”

“就为了这么一小块地儿，很多家建筑公司跟她出过价，都上亿了，但她就是不想卖……”

“你们觉得她能拿这上亿的钱做什么？孤零零的老太婆一个。她当然是更愿意守着自己的房子，就算房子已经破得散架，只要不被强制搬家……”

“这是市中心唯一一块没有被盖上房子的土地……每年都在增值……他们给她出过好多好价钱……”

“仅仅是好价钱？恐吓、威胁、迫害……你们知道的，这些房地产商！”

“她呢，挺着，挺着，这都多少年下来了……”

“她简直就是一个圣人……要是没有她，那些可怜的小动物能去哪儿呢？”

“想都能想得出来，她才不在乎那些猫呢，她就是一个吝啬的老太婆！你们倒是有没有看过她给那些猫东西吃？”

“可是你们觉得她能给猫吃什么呢？她连自己都吃不饱。她是一个没落家族最后的一个后代！”

“她恨那些猫！我看过她用伞敲打着赶那些猫！”

“因为那些猫踩烂了她花坛里的花！”

“什么花不花的呀？自我见到这个花园以来，这里从来就只长过野草！”

马可瓦尔多明白了，大家对这个侯爵老太太的看法可以说是完全不同：有人把她看成天使般的存在，有人把她看成吝啬鬼或是自私的人。

“就连对小鸟也是那样：从没见过她给它们丢点儿面包屑什么的！”

“起码让它们待下来了吧，这还不够？”

“那您是说蚊子也是她让待下来的，对吧。所有的蚊子都是从这儿的水缸里来的。夏天的时候，这里的蚊子都能把我们生吞了，全都是那个女侯爵的错！”

“没人说老鼠吗？这座房子就是一个老鼠的宝库。这枯树叶底下全是老鼠洞，晚上的时候，这老鼠就全从洞里钻出来……”

“要说到老鼠，那不是有猫呢……”

“哎呀呀，您的猫！我们要是能相信它们就好了……”

“这话怎么说？您对这猫有什么意见？”

就这样，随便的议论演变成了一种全体的争吵。

“权威部门应该来干预一下的：直接把这房子给扣了！”其中的一个说。

“根据哪条法律能这么扣房子啊？”另外一个反驳道。

“像我们这么一个现代化的小区，出了这么一个老鼠窝……应该是被禁止的……”

“但是我的房子选在这儿，就是为了能看到这点儿绿啊……”

“什么绿不绿的啊！您想想，这儿能建上多漂亮的一座摩天大楼啊！”

马可瓦尔多也想说点儿什么，可是找不到合适的机会。终于，他一口气喊出来：“那个女侯爵抢了我的鳟鱼！”

这个意外的消息又为那个老太婆的仇敌带来了新的话题，但是她的维护者却把这事儿作为一条证据，来证明那个倒霉的贵妇人身处贫困。不过持两种观点的人，都一致认为马可瓦尔多应当去敲她的门,问个究竟。

门口的栅栏搞不清是锁着的还是开着的:总之,推了推,门吱吱呀呀地也就开了。马可瓦尔多在树叶和猫中间辟出一条路来,走上拱廊下的台阶,重重地敲了敲门。

一扇窗户(就是之前伸出锅来的那扇窗户)上的深色百叶窗给拉了上去,在那个角落里,冒出了一只圆圆的深蓝色眼睛,还有一绺说不清是什么颜色的染过的头发,还有一只干瘦干瘦的手。接着一个声音传出来:"谁啊? 谁敲的门啊?"飘出来的同时还有一团油煎味儿的烟雾。

"侯爵夫人,我是那条鳟鱼的主人,"马可瓦尔多解释道,"我不想打扰您的,我只是想跟您说,您可能有所不知,一只猫把那鳟鱼从我手上抢过去了,那鱼是我钓到的,您要是不信的话,只要看看钓鱼线……"

"猫,总是猫!"女侯爵躲在百叶窗后说,那声音尖尖的,还带点儿鼻音,"我所有的不幸都来自这些猫! 谁都不知道这意味着什么! 你们不知道日夜被这些畜生俘虏在这里意味着什么! 还有人故意跟我作对,从墙后面扔进来那些垃圾!"

"可我的鳟鱼……"

"您的鳟鱼! 我怎么会知道您的鳟鱼!"说着说着,女侯爵几乎就变成嚷嚷了,就好像是想用这叫嚷声盖过从窗户里传出的平底锅里油煎的声音和煎鱼的香味。“从外面落进来那么多东西，我能明白什么？”

“是，但那条鳟鱼您到底拿是没拿？”

“看在那些猫让我承受的所有损失上，嘿，我倒是要看看！我没什么好说的！我还要说说我都失去了什么呢！这么多年了，这些猫占领了我的房子，我的花园！我的生活只能受这些畜生摆布！你去找那些猫吧，它们才是这里的主人，去问它们要回你的损失吧！损失？那我被毁掉的生活呢：被囚禁在这里，一步都不能离开！”

“可是，不好意思啊，谁又逼着您留在这儿了？”

透过百叶窗的缝隙，原先只能看到那只深蓝色的圆眼睛，或是长着两颗龅牙的嘴巴；现在突然，她的整张脸都露出来了，马可瓦尔多恍惚觉得那就好像是猫的脸。

“它们，把我囚困在这里，它们，这些猫！噢，我倒是想走啊！为了能住进一套完全是我自己的、现代、干净的小房子里，要我干什么都行！但是我不能出去……它们跟着我，横在路中央挡住我的脚步，绊我的脚！”慢慢地，这声音变成了低语，就好像在倾诉心中的秘密，“它们怕我把这地给卖了……它们不让我走……它们不同意……每次那些房地产商来找我签合同的时候，您真得看看那些猫啊！它们挡在路中央，指甲伸得老长，甚至把一个公证员吓跑了！有一次人家都把合同送到我跟前了，我正要签的时候，那些猫居然从窗户外扑进来，把墨水瓶弄翻了，把所有的纸都撕碎了……”

马可瓦尔多突然想起来时间不早了，想起来仓库，想起来仓库主任。马可瓦尔多踮起脚尖踩在枯树叶上，从窗前走开了，而女侯爵的声音呢，被裹在那团煎锅油烟的云里，仍在絮絮叨叨地从百叶窗的缝隙中传出：“它们还抓过我呢……我到现在还有疤痕呢……我被抛弃在这里，任由这些魔鬼摆布……”

冬天到了，一簇簇白色的雪花装饰着树枝、柱头和猫的尾巴。雪下面的枯树叶烂成了稀泥。基本上看不到什么猫了，而猫的那些朋友们就更少了；只有自己送上门的猫才能被发到装着鱼刺的袋子。大家有一阵子没见过女侯爵了。她那幢小屋子的烟囱里也没有烟冒出来了。

一个下雪天，她家的花园里突然又回来了好多猫，就跟春天到了似的，像在月夜中那样喵喵地叫个不停。邻居们明白一定是发生了什么事儿了：他们去敲女侯爵的门。没人回应：女侯爵死了。

春天的时候，一家建筑公司在原先是院子的地方开了很大的一片工地。挖土机为了打地基挖了很深很深的坑，水泥浇在钢筋间，一座高极了的吊车把钢管递给搭支架的工人。但是怎么能工作得起来呢？所有的猫都在脚手架上大摇大摆地散着步，把砖头、装灰泥的桶推下去，在沙堆里斗殴。每当工人们要抬起一根钢筋时，钢筋堆的顶部总会有一只蜷在那里的猫，暴怒地吐着气。最阴险的猫会直接爬到泥瓦工的后背上，就像是要打呼噜那样，没有一点儿办法可以把它们赶走。而小鸟也继续在所有的支架上筑巢，吊车的操作间就像是一个鸟巢……没有一桶水是可以用的，因为桶里蹦来跳去的全是青蛙，呱呱地叫个不停。

冬天

20 圣诞老人的孩子

在工商业界，再没有一个时期会比圣诞节以及节前的一个星期更慷慨更友善的了。风笛那震颤的笛声会从条条街上升起；而那些直到昨天还只冰冷地盘算着营业额和红利的无名公司，突然对温情和微笑打开了心房。董事会现在的唯一想法就是把欢乐传给他人，把附有节日祝福的礼物送给同一集团的姐妹公司和个人用户；每个公司都感到有必要从另一家公司购买大量的产品，作为礼物再送给别的公司；而这些别的公司呢，也要从另一个别的公司购买一大堆的礼物送给其他的公司；这些公司窗子里的灯会亮到很晚，尤其是那些仓库的窗子，那里的员工会加班加点地包装包裹和箱子。在朦朦胧胧的玻璃窗外，吹风笛的人踩着铺着一层冰的人行道，从神秘昏暗的山上走下来，走向远方，驻足在市中心的十字路口上，他们被过亮的灯饰和橱窗里过多的装饰闪得睁不开眼，只能垂头吹着他们的乐器；这风笛声一传出，生意人之间沉重的利益争执就平息下来了，取而代之的是一场新的竞争：谁送礼物的方式最讨喜，谁送的礼物最显眼、最独特。

今年，Sbav公司的公共关系部提出了这么一个主意，对于那些最重要的人物，圣诞礼物应由一个装扮成圣诞老人的人直接送到家里去。

这个主意获得了各部门主管的一致同意。于是公司就买了一整套圣诞老人的装扮：白胡子、镶着毛的红帽子、红衣服，还有圣诞老人的长靴。接着就开始试衣服了，看哪个勤杂工穿得更合身，但他们不是个子太矮、胡子都拖到地上去了，就是太壮实、连衣服都穿不进去，或者就是太年轻，再或又太老，老得都不值得化装了。

就在人事部的头儿在从其他部门叫来那些有可能成为圣诞老人的人时，各个部门的主管聚在一起，试着进一步完善这个主意：劳资关系部觉得给全体工人的那些礼包应该通过某种集体仪式由圣诞老人送出；商务部还提出要圣诞老人去各个商店转一圈；广告部则操心如何把公司的名字打出来，或许可以让圣诞老人用一条线牵住四个氢气球，四个气球上分别写着：S，B，A，V。

一种友好而充满活力的气氛感染着每一个人，并蔓延到富有生产力而充满节日氛围的城市中；人们的身边涌动着各种物质上的美好，也涌动着每个人对他人的关爱，再没有什么比这更美好的事情了；而这种关爱，有趣是这种关爱——正如风琴“呜里哇啦”的声音提醒我们的一样——才是真正重要的事情。

在仓库里，各种关爱——物质上和精神上的——正以一种等待装卸的商品的形式，经过马可瓦尔多的手下。能让他参与到这种普天同庆的节日气氛中来的，不仅仅是装货卸货，还有这样一个心思，在那座堆着上千个包裹的迷宫尽头，一个由劳资关系部专门为他准备的包裹正在等着他；而更让他能参与其中的，则是月底的时候，算算自己能拿到多少第十三月工资和加班费。拿到这些钱，他就也能跑到商店里去买买买、再送送送了，这样一来既符合他最诚挚的情感，也顺从了工商业普遍利益的驱使。

人事部的头儿走进仓库，他手里拿着把假胡子。“喂，说你呢！”他对马可瓦尔多说，“你试试，我们看看你戴上这个胡子怎么样。好极了！圣诞老人就是你了。你到楼上去，快点儿。如果你一天能送五十份礼物上门的话，会得到特殊奖励的。”

就这样，乔装成圣诞老人的马可瓦尔多，骑着一辆摩托小货车在城里穿梭起来，那车上装着满满的包裹，包着彩色纸，装饰着槲寄生和冬青的枝叶，并用漂亮的带子绑在车子上。那白色棉絮做的胡子弄得他有点儿痒，但是正好也能给脖子挡挡风。

他跑的第一趟是自己家，因为他实在经不住想给孩子们一个惊喜的诱惑。“一开始的时候，”他想，“他们可能是认不出来我的。

等到后来明白过来了，还不知道要笑成什么样呢！”

马可瓦尔多到家的时候，孩子们正在楼道里玩儿呢。他们也就是稍稍地转了一下身。“你好啊，爸爸。”

马可瓦尔多感到很不是滋味。“嗯，我说……你们难道没有看到我穿成什么样了吗？”

“你以为自己穿成了什么样？”皮埃特鲁乔说，“穿成了圣诞老人，不是吗？”

“你们一下子就认出来我了吗？”

“这能费多大劲儿啊！斯基斯蒙德先生打扮得比你好多了，我们也都认出来了！”

“还有门房的妹夫！”

“还有对面那家双胞胎的爸爸！”

“还有那个扎小辫儿的埃尔内斯蒂娜的舅舅！”

“他们都扮成圣诞老人了？”马可瓦尔多问。他语气中流露出的失望不仅仅是因为他想为家人带来惊喜的愿望落空了，也是因为觉得自己公司的威望受到了某种打击。

“当然，跟你一模一样，哎哟，”孩子们答道，“都装成圣诞老人了，老一套，都戴着假胡子。”说完就已经背过身，专心地玩他们的游戏去了。

是这样的，今年很多公司的公共关系部同时想到了这个主意；

他们招募了一大批失业、退休或是流动就业的人，让他们穿上那件红色大袍子、戴上棉絮做的大胡子。头几次的时候，孩子们在那一身伪装下认出了什么熟人或是小区里的人，还是挺高兴的，但是没过多久，他们就习惯了，便不再感兴趣了。

也许是他们正专心玩的游戏很让他们着迷吧。他们聚在楼梯平台上，坐成一圈。“能知道你们在捣什么鬼吗？”马可瓦尔多问。

“别来烦我们，爸爸，我们得准备礼物。”

“给谁准备礼物？”

“为一个穷孩子。我们得找到一个穷孩子，然后给他送些礼物。”

“这都是谁跟你们说的？”

“阅读书上写的。”

马可瓦尔多刚要说“你们就是穷孩子啊”，可就在那个星期，他都已经那么确信地认为自己就是安乐乡里的居民了，在那里所有的人都会买礼物，也很享受，而且还会互送礼物，所以他觉得谈贫穷不是很上规矩，于是宁愿这样宣布道：“现在没什么穷孩子了！”

米凯利诺站起来，问道：“爸爸，就是因为这个原因，你才不给我们带礼物的吗？”

马可瓦尔多听得心都缩紧了。“现在我得去挣加班费了，”他赶紧说道，“挣到了就给你们带礼物回来。”

“这个加班费你怎么挣啊？”菲利佩托问。

“我给别人去送礼物就能挣到了。”马可瓦尔多解释道。

“也给我们吗？”

“不，给别人。”

“为什么不给我们？不是一下子就能送到了吗……”

马可瓦尔多试着解释道：“因为我又不是劳资关系部的圣诞老人，我是公共关系部的圣诞老人。你们明白没？”

“没有。”

“算了。”但是他又希望孩子们能原谅他空手回家的事实，于是想把米凯利诺带在后面，跟着自己去送货。“如果你乖乖的，就可以来看看你爸爸是怎么给别人去送礼物的。”说罢，他就坐到了货车的座椅上。

“走喽，也许我们能找到一个穷孩子。”米凯利诺一边说着，一边跳上车，抓住爸爸的肩膀。

在城里的街道上，马可瓦尔多碰到的全是一些红白相间的圣诞老人，所有的人都跟他一模一样，他们有的开着小卡车，有的骑着摩托货车，有的为拎满包裹的顾客打开店门，或是帮他们把购买到的物品送到汽车前。所有这些圣诞老人的表情都很专注，也都是忙忙碌碌的样子，就好像是“节日”这台巨型器械的维修专员。

马可瓦尔多呢，也跟他们一样，对着名单上标出的地址，从一个地方跑到另一个地方，他从摩托货车的座垫上下来，分拣出货车上的包裹，一次拿上一个，还要把它送到给他开门的人跟前，并字正腔圆地说道：“SBAV 公司祝您圣诞快乐，新年幸福。”然后拿上小费。

这小费有时挺可观的，马可瓦尔多本也可以对自己满意了，但是他总是觉得缺了什么东西。每当他带着跟在后面的米凯利诺去按别人的门铃之前，总是会想象并提前享受一下开门的人看到真人装扮圣诞老人时的那份美妙心情；他也总是期待着各种热情、好奇和感恩之情。可是每次人们对待他就好像他是每天来送报纸的邮差一样。

马可瓦尔多又按响了一家的门铃，这是家豪宅。一个女管家开了门。“哎呀，又来一份包裹，什么地方的？”

“SBAV 公司祝您……”

“行了，您把包裹送到这里来。”然后就领着圣诞老人走过一条到处饰以手工挂毯、地毯以及手绘陶器的长廊。米凯利诺惊讶地睁大了眼睛，跟在父亲后面。

女管家打开一扇玻璃门。马可瓦尔多和儿子来到一个天花板很高很高的大厅里，高得厅里居然放下了一棵很大的冷杉树。那是一棵圣诞树，树上亮着彩色的玻璃球灯，树枝上挂着各式各样的礼物和糖果。厅里的天花板上悬挂着沉沉的水晶吊灯，冷杉最高的那些树枝都跟那些亮晶晶的水晶灯垂饰缠在一起了。在一张大桌子上，摆着各式玻璃杯、银质餐具、果脯蜜饯盒，以及一箱箱的葡萄酒。各种玩具零零星星地散在一大块地毯上，多得就像是玩具店，都是些复杂的电子器械，以及宇宙飞船的模型。正是在那张地毯上空出来的一个角落里，趴着一个九岁左右的孩子，噘着嘴，有点儿无聊的样子。他正翻着一本图画书，就好像周边的一切都跟他没有任何关系。

“詹弗兰科，快看，詹弗兰科，”女管家说道，“你看见没？圣诞老人又来送礼物了。”

“三百一十二，”孩子叹了口气，眼睛都没离开书，“您把它放在那儿吧。”

“这已经是第三百一十二个礼物了，”女管家说道，“詹弗兰科很棒，他都数着呢，一个也没漏，他最大的爱好就是数数了。”

马可瓦尔多和米凯利诺蹑手蹑脚地离开了这个家。

“爸爸，那个孩子是个穷孩子吗？”米凯利诺问道。

马可瓦尔多其时正在埋头整理货车上的包裹，没有很快搭话。过了片刻，他才赶紧反驳道：“他穷？你说什么呢？你知道他爸爸是谁吗？是圣诞销售增长联合会主席！还是什么授勋骑士……”

他话还没说完就打住了，因为他找不着米凯利诺了。“米凯利诺，米凯利诺！你在哪儿？”米凯利诺不见了。

“他肯定是看到另一个圣诞老人走过的时候，把那个圣诞老人当成我了，跟着那个人走了……”马可瓦尔多继续送他的货，但还是有点儿担心，急着回家。

回家后，马可瓦尔多看到米凯利诺正好好地和兄弟们在一起。

“你倒是说说，你躲到哪儿去了？”

“我回家了，我回来拿礼物的……嗯，就是拿送给那个穷孩子的礼物……”

“啊！谁啊？”

“就是那个特别难过的孩子……那个别墅里有棵圣诞树的孩子……”

“你给他送？可你能给他送什么礼物啊？你，给他？”

“哎呀，礼物我们给他弄得很好的……有三个呢，都是用锡纸包装好的。”

其他孩子也来插话了：“我们是一起去他家给他送礼物的！你要是能看见他有多高兴就好了！”

“那当然了！”马可瓦尔多说道，“他还真是特别需要你们的礼物，才会高兴呢！”

“对啊对啊，就是要我们的礼物啊……他马上就跑过来把包装纸撕开看里面有什么了……”

“那里面都有什么啊？”

“第一个礼物是一个锤子：就是那个大大的，圆圆的木头锤子……”

“那他什么反应？”

“他高兴得都跳起来了！他一把抓过锤子，马上就用起来了！”

“怎么用啊？”

“他把所有的玩具都砸坏了！还有所有的玻璃杯！然后他也收下了第二个礼物……”

“是什么？”

“是个弹弓。你真该看看他有多高兴……他把圣诞树上所有的玻璃球灯都打碎了。打完了玻璃球灯后他就去打吊灯……”

“够了，够了，我不想听了！那……第三个礼物是什么？”

“我们因为没有什么好送的了，就用锡纸包了一盒厨房里的火柴。这个礼物最让他高兴了。他还说：‘他们从来不让我碰火柴！’接着就开始点火柴，然后……”

“然后什么……”

“他把所有的东西全烧了！”

马可瓦尔多双手插在头发里。“我完了！”

第二天，他去公司上班的时候，感到一场大风暴正在酝酿之中。他赶紧换上圣诞老人的装束，把要送的包裹装到货车上，正纳闷着怎么没人跟他说发生了什么呢，就看到公共关系部、广告部、商务部三个部门的头头儿正在朝他走来。

“停下！”他们对他说道，“把所有的东西都卸下来，快点儿！”

“这下好了！”马可瓦尔多自言自语，已经预料到自己要被辞退了。

“快点儿！得把这些包裹全换掉！”头头儿们说，“圣诞销售增长联合会要开展推销‘破坏性礼物’的运动！”

“就这么突然要搞什么活动……”他们中的一个评论道，“他们之前怎么没想到呢……”

“这是主席的一个突然发现，”另一个头儿解释道，“好像是他的孩子收到了一些十分先进的礼品，我看是日本货，据说他孩子第一次玩得这么开心……”

“这才是最重要的，”第三个人补充道，“这个‘破坏性礼物’就是用来破坏各种产品的：这样就能加快消费节奏，给市场带来新活力……在极短的时间内就能实现，而且是连小孩子都能操作的……联合会的主席眼见着打开了一片新天地，高兴得乐翻了天……”

“但是这个孩子，”马可瓦尔多的声音已是细若游丝了，“真的是毁了很多东西吗？”

“哪怕是大概估算一下都很难啊，房子都给烧了……”

马可瓦尔多回到灯火通明的路上，就好像天色已晚一样，路上全是妈妈、孩子、叔叔婶婶、爷爷奶奶、礼物盒、大球小球、木马摇椅、圣诞树、圣诞老人、鸡、火鸡、托尼甜面包[①]、葡萄酒瓶、吹风笛的人、扫烟筒的工人，还有在黑乎乎的、炙热的圆口炉灶边把一锅栗子炒得蹦蹦跳跳的卖栗子的女人。

整个城市好像都变小了，被罩在一个明亮的细颈瓶里面，这个细颈瓶被埋在森林最深最黑的地方，藏在栗树那上百岁的树干和如披风般无垠的白雪间。在黑暗中不知道从什么地方不时传来嗷嗷的狼嚎声；在雪下，在暖暖的红土中，在一层栗子壳下，是一个小野兔们的窝。

一只白色的小野兔跑了出来，来到了雪地里，它抖了抖耳朵，在月光下跑了起来，但因为它全身浑白，所以看不大出来，就好像不存在一般。只有它的小爪子在雪地上留下了一道浅浅的、三叶草般的爪迹。那狼也是看不到的，因为狼是黑色的，又躲在森林的黑暗中。只有当它张开嘴巴的时候，才能看到它那又白又尖的牙齿。

在黑黢黢的森林和白皑皑的雪地交界的地方，有一道线。小

---

① 也称“米兰大蛋糕”“意大利面包”，一种多在圣诞节期间食用的甜点。

野兔在线这头，狼在线那头。

狼在雪地里看到了小野兔的脚印，便跟起这脚印来，但为了不暴露自己，一直藏在森林的黑影中。脚印止住的地方就应该是小野兔藏身之处，狼突地一下从黑暗中钻出来，张开通红的喉咙，露出锋利的牙齿，一口咬了个空。

小野兔在前面更远一点儿的地方，毫不见踪影；它用爪子挠了挠耳朵，跳着逃走了。

在这儿？在那儿？不对，还要再过去一点儿？

然而却只能看到一片浩瀚的白雪地，就像你们眼前的这张白纸。